骆玉明
作品 03

极简中国古代文学史

骆玉明——著

上海三联书店

目录

引言

第一章　人间诗意

第二章　锦绣文章

史家之文

诸子时代

美文的谱系

第三章　剧坛春秋

戏剧的历史

第四章　小说天地

志怪与传奇

白话短篇小说

白话长篇小说

引 言

　　"文学的起源"通常被当作理论问题来讨论。不过，若是把这想象为一种曾经真实存在的人类生活场景，显然更为动人。

　　夜，渺茫的月光下，风吹落枯叶。人们唱歌，声的波动让许多人的心摇漾于同样韵律。老人呢喃的语调，说从前，更从前，走过来的路。"后来呢，后来呢……"

　　也许我们无从追究人类智慧究竟来之何方，这是天地间深隐的奥秘；但我们可以断定，当人类开始使用语言，它便闪耀出最初的光华。在这以前，世界只有自然的规则与自然的秩序，在这以后，人为万物命名，确定它们的价值与关系，从而建立了以人类为中心的世界。《圣经》开篇《创世纪》说："起初，神创造天地。地是空虚混沌。渊面黑暗；神的灵运行在水面上。神说'要有光'，就有了光。神看光是好的，就把光、暗分开了。神称光为昼，称暗为夜。有晚上，有早晨，这是头一日。"这正不妨看作人类走出暗昧的象征。

作为生物性存在的个体，人所拥有的时间是有限的；在古老的年代，人能够经历的空间也十分有限。但语言所传递的信息和知识，却扩展了每个生命的精神内容。不仅仅是信息和知识，还有无穷延展的想象。遥远的星空，辽阔的山川，荒莽的过去，奇妙的未来，有过什么？会有什么？生命是那样微渺，但在想象中却表达着无穷的渴望。

"文学"是最难给出确切定义的概念之一。但是我们仍然可以这么说：情感和想象是文学最基本的要素；在语言构拟的空间中，人们把现实与可能联系在一起，探究人生与世界的真相，体味生命的悲欢，演示人性的可能。在这过程中，人类为自己寻求更为自由而广阔的天地。人同时在现实与非现实中生存，在现实与非现实中创造自己的生活。当我们说"文学"在"发展"时，它的真正意义是：人们不断扩展自己所拥有的世界，而生命形态也由此变得更为丰富多彩。

人群散居在苍穹笼罩下的大地，高山、平野、岛屿、海洋，寒温有异，物产各殊。人性总有其相通之处，如钱锺书先生所言，"东海西海，心理攸同"。因而在文学领域中，我们会看到完全相隔的人类族群描绘了十分相似的生命体验和情感与欲望。但这只是一方面。另一方面，则恰如老子所言"人法地"，自然环境、地域特征的不同，也深刻地影响着人们的生活方式以及与此相关联的文化气质、艺术趣味。彼此相通又各不相同的各地域各民族的文学，百花齐放，各呈风姿，汇为一片，绚丽无比。

中国文化源远流长，中国人历来又重视文学创作，因此在近三千年间产生了大量的优秀作家与作品。而且，由于汉语具有特别强的生命力与稳定性，古今之间的阅读障碍远不像其他语种那样严重。甚至，有些古老的诗篇，像"君子于役，不知其期。曷至哉？鸡栖于埘，日之夕矣，羊牛下来。君子于役，如之何勿思？"（《诗经·君子于役》）像"大风起兮云飞扬，威加海内兮归故乡，安得猛士兮守四方！"（刘邦《大风歌》）虽然年代如此久远，现代人却并不需要很高的文化水平，不一定要依赖专家的阐释，就能够读懂，能够体会其美妙之处。这使得作为后人的我们可以时常进入古人的情感世界，听边城吹笛，看长安落花，徜徉云水，流连风物。

一个民族文学演变的过程，也就是这一民族精神发展的历史。"人无百年寿"，个体生命是短暂的；但每一个人，无论自觉还是不自觉，又都是生活在一个文化系统中的，他可以也应该从中汲取丰富的人生体验，从而拥有广大的精神世界。当然可以说人类的全部文化都是我们精神性生存的背景，但构成我们精神血脉的首先总是本民族的文化。我们进入中国文学的世界，在语言所构拟的空间投入自己的情感与想象，体验前人的希望与失望，快乐与忧伤，体味前人伟大的艺术创造，理解民族精神的发展历史，我们的生命得以展开，变得宏大而美好；同时，我们也获得了了解人类文化的基点。

　　在这本小书中，我想和读者一起在中国文学的世界中做一次简短轻松而不乏机趣的游览。当然，在如此有限的篇幅中全面介绍中国文学是不可能完成的任务，因而只能是选择一些要点来谈，而比较偏重的则是源头性质的和尤其能体现中国文学特征的内容。游览的节目，是如下四章：人间诗意、锦绣文章、剧坛春秋、小说天地。希望这会带来愉快的心情。

第一章

人间诗意

在第一章，我们首先谈诗歌。

人们常说中国是诗歌的国度，这多少有点道理。在中国文学的领域内，诗歌不仅创作的历史最为悠久，作品数量最为繁多，而且至魏晋以后，诗歌写作逐渐成为文化人的基本素养。也就是说，作为一个够格的文化人，必须能够合乎规则地写诗。否则，在他所从属的社会圈子里就会遭到轻视，这是很尴尬的事情。

中国古代诗歌的兴盛，又和汉语的特点有关。汉语可以说天然就是一种诗性的语言。它的语法结构比较松动，语汇的词性没有严格的限定（譬如名词、形容词甚至数量词在一定条件下都可以当作动词来使用），使得修辞十分灵活而且手段丰富。这些特点对于诗歌运用象征和暗示的表现手法构造内蕴丰富的意境有很大的便利，而且也更容易激发读者的情感，使得阅读过程富于创造意味。再则，汉语是一种单音节的语言，容易形成明朗的节奏和精巧的对偶，这也增强了诗歌的形式美。

《诗经》的文化精神

　　说起中国诗歌，第一个要说的当然是《诗经》，因为它是中国第一部诗歌总集。我们现在能够看到的中国最古老的诗歌作品大体都收集在这部书中，时间跨度是从西周初到春秋中叶，总共有三百零五篇，分为《风》《雅》《颂》三大部分。

　　《诗经》不是一部普通的诗集。那里面有许多诗篇本来就是周王朝的政治和历史文献，编纂成书以后，它又被当作贵族子弟的文化教材。孔子说"不学《诗》，无以言"，意思是如果不熟悉《诗经》中的作品，就不能够用高雅的方式来表达。

　　一种民族文化形成的标志，是产生了体现民族精神主要特征的"元典"，这些经典的某些核心要素会长期影响后人的思想与情感，影响他们的生活方式。《诗经》正是中华文化的元典之一。虽然，《诗经》的篇章基本上都产生于从陕西到山东的黄河流域，代表着中原文化的特色，而当时其他地域还存在着不尽相同的文化形态，但中原文化终究是一种主导性的文化。

孔子还曾经概括《诗经》的总体特征，一曰"温柔敦厚"，二曰"思无邪"。就是说它所表达的情感比较克制，态度温厚，思想情趣是雅正的。照孔子看来，《诗经》体现着一种理想的文化精神。

上帝与祖先

"上帝"这个词汉语中本来就有，后来被西方传教士用来翻译西文"God"。古籍中"上帝"出现频率最高的就是《诗经》，它有时也被称为"天"，指的是高居于人类之上的具有主宰力量的神。

"上帝"的观念源于殷商文化，但在周文化中它已经开始淡化，最后逐渐消退成若有若无的影子。由此形成中国文化的一个显著的特点，就是宗教气息比较淡薄。而这一趋向，在《诗经》中已经表现得很清楚。

以《诗经》的描述，人类在精神上依赖的对象，有两种力量：一是祖先（尤其是周文王）之灵，一是上帝（或谓"天"）。先公先王的亡灵与天帝共处，俨然有平起平坐的地位，如《大雅·文王》说："文王陟降，在帝左右。"

而周人真正崇敬的对象，其实是祖先。不仅祭祀诗绝大部分以祖先为对象，祭天帝的不过一二篇，而且二者的形象也有所不同。

在诗人笔下，上帝虽然很崇高，但它的德行却是不稳定的（《小雅·雨无正》指责天"不骏其德"），有时候荒唐而又暴虐，做事情欠考虑少计划（《大雅·荡》称"疾威上帝"，指责它"弗虑弗图"），会毫无道理地降下死亡和饥馑。即使这是影射当时的君主，上帝可以被指着鼻子骂，也表明其威望是有限的。

而在述及祖先的功业时，诗人的语气总是充满崇敬，不会有丝毫轻慢。像《大雅》有一组诗分别歌颂后稷、公刘、古公亶父、周文王、武王，大略描述了周族从形成到周王朝建立为止的历史，这些伟人创业的事迹，代表着周人精神上的自豪与光荣。而《周颂·维天之命》则说，天命运行不已，文王的纯德宏大而显明，它足以安定我们的国家，后人要好好地继承和实行。可以看出，"天"的意志多少被虚化了，而先王之德成为佑护国家的真实力量。

周人在敬天与敬祖之间，貌似平列而实际更注重后者，意味着将人的因素和德行的因素置于优先地位。同时，崇敬祖先，也是为了达到承继血缘宗统、维系内部团结、凝聚宗族力量的目的。由于在整个中国古代史上，宗族始终是社会的基本单元和主要基础，崇敬祖先、重视血缘联系的意识及文化特征也一直保持了很久。

"美"与"刺"

中国文学有一个关切政治得失，对美政予以赞扬、对朝政错失加以批评和讥刺的传统，这也可以追溯到《诗经》。

前面说到的歌颂祖先的诗同时也是赞颂美政的诗。部族兴起、王朝初建时期，统治者必然较为贤明、政治举措必然较少错失，不然何以成功？所以颂祖同时表明了追求良善政治的意图。

有些诗篇则描述了理想的君臣相处之道。如《小雅·鹿鸣》是一首天子宴群臣嘉宾之诗，诗中用天子的口吻来说话，他因为得到贤臣的辅佐而感到满足（"呦呦鹿鸣，食野之苹。我有嘉宾，鼓瑟吹笙"），感谢他们为自己指示了光明大道（"人之好我，示我周行"），希望用音乐和美酒让他们快乐（"和乐且湛。我有旨酒，以燕乐嘉宾之心"），君主在诗中显示出来的态度非常谦逊，绝无傲慢之相。和《鹿鸣》相对应的诗篇是《天保》，内容是臣子对君主的报答，用了很多赞美、祝颂之辞，像结尾一段："如月之恒，如日之升，如南山之寿，不骞不崩，如松柏之茂，无不尔或承！"两篇相对照来读，我们看到古人所期望的和谐的政治氛围。

在政治诗中，"刺"者远多于"美"者，批评的对象从天子、诸侯、大臣到士，对于身份无所忌讳。西周末厉王、幽王时政治昏乱，社会弊端丛生，民众生活艰困，《大雅》和《小雅》中有大量诗篇对此进行了揭露和讽刺，作者基本上都是政治圈中的人物。典型的像《大雅·荡》相传为召穆公谏厉王之作，全篇主要借文王指斥殷纣王的口吻讽刺现实，警告厉王若不能从历史中汲取教训，难免有社稷覆灭之危险，语气峻厉。而《国风》中如《魏风·伐檀》讽刺尸位素餐、不劳而获之人，《硕鼠》斥责统治者贪得无厌，迫使民众有逃离之心，则更具普遍意义。

由于《诗经》具有正统经典的地位，这类诗作代表着社会主流所认同的政治原则，后代诗人以此为榜样，就有了充分的理由。

战争与和平

战争是人类生活中不可避免的事件。一个民族、一个国家，为了维护自己的生存与发展，难免会与外敌发生对抗；但另一方面，战争又是最具有破坏性的行为，它对普通民众所向往的和平生活造成极大威胁。因而，对于诗歌而言，战争乃是矛盾和两难的主题。

《诗经》中有一部分作品以官方立场记述了周王朝历史上的重大战事，如文王、武王开国及宣王"中兴"过程中的征伐活动等，其态度当然是歌颂性的。但这类诗通常首先强调己方的正义立场和王者的文德，很少描述战场上的搏杀景象，更没有狂热的好战语言。这显示出对战争的克制态度。

而从普通将士及百姓的立场写成的作品，则更多地反映出对战争的厌倦和对和平生活的眷怀。

如《小雅·采薇》抒写出征狎狁的士兵在归途中的情怀，首章便说，由于狎狁的缘故，我们不得不离开家庭和平安的生活（"靡室靡家，狎狁之故。不遑启居，狎狁之故"），士兵是深明大义的，他们愿意担起保家卫国的责任。但这并不能使他们忘怀征战的辛劳、离乡的悲苦，所以在末章写道："昔我往矣，杨柳依依。今我来思，雨雪霏霏。行道迟迟，载渴载饥，我心伤悲，莫知我哀。"诗中不是一味地号召人们拼死作战，甚至不在意凸显将士的英勇，它关注的中心其实是普通百姓的生命和幸福。诗中的感情平实而诚恳，因此格外动人。

《卫风·伯兮》则是写一位妻子对出征的丈夫的怀念。一方面她为自己的丈夫感到骄傲：他威武雄壮，是一国的英杰，如今光荣地成为君主也还是国家的先锋。但女主人公的痛苦也随之而生，因为战争终究无情而危险，谁也不能保证出征的人一定能够平安归来。"其雨其雨，杲杲出日。愿言思伯，甘心首疾。"诗中写她对丈夫的那种焦急的等待，其实是充满着疑惧的，只是不肯明白说出来而已。而《王风·君子于役》用黄昏时刻鸡儿回窝、牛羊从缓坡上归来的日常景象，衬托一位妻子因丈夫远出服役而引起的无限惆怅，使人们深刻地体会到：平凡的和平生活，意味着真正的幸福。

通观《诗经》反映战争的歌谣，可以说热爱和平、厌倦战争是它主要的基调。后世像杜甫的《兵车行》、白居易的《新丰折臂翁》，都是对以国家名义发动的战争表示谴责，其精神根源就在《诗经》。

归根结底来说，好战从来不是中华民族的性格。

恋爱与婚姻

男女相悦乃是人生最美妙的情感，也是文学永恒的主题。《诗经》中这一主题的作品大概可以分为两类：一类主要写恋爱的情怀，显得活泼而富于浪漫色彩，另一类则明确指向婚姻关系，因而较多地考虑到道德性的因素。

在前一类诗篇中，像《召南·野有死麕》写一位猎手在林中与一位"怀春"的少女邂逅，用了白茅包裹的鹿作礼物向她求爱；《邶风·静女》写一对情人相约于"城隅"幽会，那位漂亮的女孩却故意躲藏起来，害得男子心魂不安，"搔首踟蹰"；《郑风·溱洧》写青年男女到河边春游，相互谈笑并赠送香草表达爱慕，都洋溢着美好的生活气息，相隔几千年，诗中场景仍然犹如在眼前。至于《陈风·月出》写月下美女的倩影引起的惆怅，《秦风·蒹葭》写心仪之人相隔不远却又永远不能真正走近，则是以伤感的美打动人心。后者全篇由意思重叠的三章构成，下面引录其首章：

蒹葭苍苍，白露为霜。所谓伊人，在水一方。溯洄从之，道阻且长。溯游从之，宛在水中央。

这好像是说，爱情总是一个离我们很近又很远的东西，它只是在追求的过程里存在而不会成为结果。如此美丽而恍惚的诗境，引起后人无限的遐想。

直接关系到婚姻的诗篇，大多强调男女以德相配、以礼义自持，而求得家庭的和睦，并把这种夫妇之德视为社会和谐的基础，这种诗特别能够体现中国文化的传统精神。

譬如《周南》中的《关雎》是一首男方在婚礼上赞美新娘的诗，说她是一位"窈窕淑女"，美丽而又贤惠，是君子的好配偶，所以娶到她以后，要用琴瑟与钟鼓之音来取悦她；而《桃夭》则是一首送新娘出嫁的诗，人们赞美那位女孩不仅如桃花般鲜丽，而且"宜其室家"，会给她嫁去的家庭带来祥和的气氛。

婚姻会有失败，家庭也会破碎，在古代社会，这种不幸的结果给女方带来的痛苦远大于男方。所以《诗经》中对男子喜新厌旧的行为表示了很大的不满。譬如《卫风·氓》《邶风·谷风》都写出了被抛弃的妻子内心的沉痛。《谷风》尤为典型，诗中写到的那个家庭原本很艰困，经过夫妇共同努力，情形才有了改善，而丈夫这时却为了迎娶新人而撵走故妻。这位贤惠的女子对曾经美好的家庭充满眷恋，"行道迟迟，中心有违"，一步一步走得那么沉重。值得注意的是，反映"弃妇"之痛苦，是中国文学里非常持久的主题（我们很容易想到陈世美、秦香莲这一类故事），它代表着中国社会希望维持家庭稳定的道德意识和善良心愿。

华丽的楚辞

黄河与长江两大流域原本分别孕育着古老的文化。

在本来意义上，"中国"和"华夏"是指北方中原地区和以周人为主体的族群，而南方则逐渐归入楚国的版图。楚族与诸夏族自春秋以来就进入了在相互对抗中趋向融合的态势。秦、汉大一统，先是北方力量南下，后是南方力量北上，最终实现了南北族群与文化的混融，形成了新的泱泱中华。

中国的南北文化向来有明显的差异。在战国时代，位于南方的楚国经济条件比起北方来具有一定的优越性，人们谋生比较容易，自然环境的压迫不那么严重，因而社会结构相对松散，没有形成像北方国家那样的严密的宗法政治制度。同时，在民间生活中，巫教也不像北方那样很早就消退了，神话的氛围仍然相当浓郁。这导致楚人的性格更为桀骜不驯，而且偏好奇思异想。

这些条件促成了楚国艺术的高度发展。在中原的主流文化中，艺术，包括音乐、舞蹈、歌曲，主要被理解为"礼"的组成部分，被当作调节群体生活、实现一定伦理目的的手段。因而，中庸平和被视为艺术的极致。而楚国的艺术则是在注重审美愉悦的方向上发展，充分展示出人们情感的活跃性。譬如楚地出土的各种器物和丝织品，不仅制作精细，而且往往绘有艳丽华美、奇幻飞动的图案。千载之下，它仍然能够向我们传达强烈的生命热情。

战国时代楚地流行的诗体被称为"楚辞"，代表性的作家便是伟大的诗人屈原。楚辞具有浓郁的地方色彩和楚文化特征，语言华丽，情感热烈，充满幻想，风格与《诗经》完全不同。两者各具一格，相得益彰，共同构成了中国诗歌沾溉久远的上源。

屈原的故事

　　屈原是中国文学史上第一位伟大的诗人，但他的生平事实却不是很清楚。在司马迁的时代，屈原的事迹已经带有传说内容，而《史记》中的屈原传，实际是历史资料与传说资料的混合。这种历史人物传说化的现象，使得一个具体的历史人物更多地体现群体的情感和意志，从而屈原也就成为楚文化进而是整个中国文化的象征性人物之一。

　　在关于屈原的故事中，他被描绘为一个出身高贵、品格完美、才华卓越的人。他曾经深受楚怀王的信任，参与国家内政外交的决策，却因为受到卑鄙的同僚的妒忌，蒙受谗毁而被疏远，乃至被流放。但他始终不肯屈服，不肯以同流合污为代价换取官禄和荣耀；他宁肯披散着长发，憔悴枯槁，彷徨于荒野与水涯。"举世皆浊我独清，众人皆醉我独醒"（楚辞《渔父》），这不是他的耻辱，而是肮脏的世界的耻辱。

　　他可以离开楚国，在别处施展才华、谋求成功，只是对祖国的深情眷念，让他做不到。直到秦军攻破楚都郢，处于流放中的屈原眼看国家已经无望，便于悲愤交加之中，自沉于汨罗江。

屈原的故事意味深长。它告诉人们：正直和高贵的品格，很可能恰好带来不幸。它也向人们提问：此时此境，人应该做什么样的选择？在污秽中求生，还是坚持理想、维护崇高的灵魂而不惜一死？

端午，旧历五月五日，原本是楚地的一个传统节日，后来人们把它改作纪念屈原的日子。这是中国的诗人节。

忧愤的长歌

史籍载录的屈原作品共有二十五篇，其中最著名的是《离骚》。全诗三百七十余句，是中国古代最为宏伟的抒情诗篇。

《离骚》是一个崇高而痛苦的灵魂的自传。写作这首长诗时，屈原不仅在政治上遭受到严重挫折，人格也遭到诋毁和否定，他和自己所从属的楚国贵族阶层处于严重的对立状态。但诗人非但没有为之变得怯懦，反而产生了一种自豪感。从第一句开始，诗人就使用大量笔墨，突出自己高贵的出身、卓异不凡的禀赋和及时修身而培养成的高尚品德与出众才干，进而表明他献身君国的愿望和令楚国振兴的信心，使诗中的自我形象作为美好和正义的代表得到凸显。

站在这个正义化身的反面，有"党人"即结党营私的小人，他们只顾满足自己的贪欲，苟且偷安，使得楚国的前景变得危险而狭隘；有昏庸糊涂，受人蒙骗的君王，还有他曾精心培育的人才，如今纷纷中途变节，只见"众芳芜秽"。这时候，屈原几乎是在同整个世界对阵。他非常孤独，也十分骄傲。

在现实中不断碰壁之后，诗人想象可能有的精神沟通。于是他借助神话材料，进入幻想的世界，驱使众神，上下求索。他来到天界，却被天帝的守门人所拒绝；他又降临地上"求女"，但仍然没有一个心心相印之人。所有的追求只是证明了最后的失败，他注定只能是孤独一人。

而最终，当他发现不可能离开楚国时，为自己做出了最后选择："从彭咸之所居"，自葬于水。水是纯洁的，灵魂也是。它不允许被世界弄脏。

《诗经》也有许多反映政治生活的诗篇，但《离骚》是不同的。在这里，热爱祖国与个人尊严的价值是并存的，而悲哀的命运则激发出理想的光彩。中国文学中第一次出现了以自我形象为中心，对之热烈歌颂、热烈赞美的内容。诗人构拟了宏大的空间来展开自由的想象，运用华丽的语言抒写热烈而动荡的情感，把抒情文学引向更复杂的境地，前所未有地显示了文学的创造力量。

优美的神曲

屈原所作楚辞中，《九章》的内容与《离骚》相近，《九歌》则别具特色。这是一组祭神所用的乐歌，祭祀的对象从天帝、云神、太阳神到湘水神、黄河神、山神，还有战亡将士的亡灵。

在当时南方的民间信仰中，人神是共处而并无阻隔的。所以《九歌》虽是祭神的乐歌，却并不是庄肃而呆板的调子。那些神灵都被赋予了人类的品格和情感，说是写神其实是在写人。尤其突出的是《九歌》中大多数诗篇都包含有神与神或人与神相恋的情节，这些恋爱又都呈现为会合无缘、迷惘惆怅的状态，透出对生命的执着追求和追求不得的忧伤。我们无法确证作者为什么用这种调子来写《九歌》，但恋爱的忧伤最为迷人，应该是诗人天然具有的感受，而这些诗也因此显得格外优美。

如《湘君》《湘夫人》写一对配偶神，他们彼此相待，却终不能相遇，唱出伤心的歌子。《湘夫人》开头写道："帝子降兮北渚！目眇眇兮愁予。嫋嫋兮秋风，洞庭波兮木叶下。"在诗的画面上，深秋的凉意和情感的寂寞不安融为一体，渲染出一派难以言说的凄迷惆怅之情。

《山鬼》也是一首美丽的失恋之歌。诗中写山鬼盛装打扮去同心上人幽会，对方却始终未来赴约，使她陷入绝望的痛苦之中；她独自站在高高的山顶，四望不见人影，不由感叹"岁既晏兮孰华予"——年华渐渐逝去，谁能使我的生命放出光彩呢！正是因为这生命的悲哀，诗歌最后描写的场景格外动人：已经到了深夜，雷鸣电闪，风雨交加，落叶飘飞，猿鸣凄戚，山鬼依然彷徨伫立，不肯离去。这完全是人间少女的情感。

《九歌》中那些以神话素材表现人类生活情感的诗篇，是中国早期文学中少见的珍品。它为中国诗歌增添了一种优美而奇幻的情调，不断地触发着后代诗人的想象力。

乐府与民间风情

　　"乐府"是掌管音乐的官署。汉武帝时设立的乐府以采集歌谣为基本职能，后世的乐府机构时断时续地沿承了这一传统，到南北朝为止，汇聚了各时代富于民间生活气息的歌谣。乐府民歌不仅以天机活泼为特色，而且开创了许多新的诗歌母题，成为推动中国古典诗歌发展演化的又一个重要源头。到了唐代，诗歌进入全盛阶段，乐府的这一功能才宣告消退。

艰困的人生

　　以前人们常用 "民间歌谣" 这个概念指称《诗经·国风》中的一部分作品，笼统而言，这也没什么错。但若要具体追究这些歌谣所关联的社会阶层，却主要是贵族。到了汉乐府民歌，才出现了具体而深入地反映了社会下层民众日常生活的内容，这是诗歌世界一次重大的扩展。

　　这类诗篇大多写得很朴素甚至有些粗糙，但它所描述的人生景象却是前所未有的，读来就有耳目一新之感，如《妇病行》写一位贫家的妇人临终前不放心自己的孩子，恳求丈夫好好照顾他们："属累君两三孤子，莫我儿饥且寒！有过慎莫笪笞：行当折摇，思复念之！"然而在她死后，丈夫却难以养活孩子，连买一块饼都只能向亲友乞讨，于是痛苦地哀叹："我欲不伤悲，不能已！"甚至绝望呼喊："行复尔耳，弃置勿复道"——很快都要完了，什么也不用说了！又如《东门行》写了一个城市贫民外出归来，见家中 "盎中无斗米储，还视架上无悬衣"，在毫无希望的情况下，"拔剑东门去"，想要铤而走险，都是真实而感人的场面。这种对底层社会生活的关注，蕴含了富于人道精神的同情。

还有像《艳歌行》写在外谋生的兄弟数人，受到女主人的照应，帮着缝补衣衫，却引起男主人的猜疑，于是感叹"远行不如归"。这是很琐细的生活景象，却有它的动人之处。

对于战争造成的不幸，在《诗经》中写得较为委婉，而在更关注下层社会的汉乐府民歌中，表现就要强烈得多。像《十五从军征》写一位士兵少年从役，八十归来，亲人尽亡，家中唯剩荒颓的房舍和一座座坟墓，人生除却苦难竟是一无所有。《战城南》这样来描绘战场的景象：

> 战城南，死郭北，野死不葬乌可食。为我谓乌："且为客豪！野死谅不葬，腐肉安能去子逃？"水声激激，蒲苇冥冥，枭骑战斗死，驽马徘徊鸣……

激战过后，尸体横陈，乌鸦在上空盘旋，准备啄人肉，而死者则要求乌鸦在吃他的肉体之前，先为他嚎叫几声。如此描绘战争之惨烈，是过去的诗歌从来没有过的。

文学世界的扩展也就是人类精神世界的扩展。汉乐府民歌其实不仅扩大了诗歌反映生活的范围，它同时也通过探测底层生活艰难的深度，刺激人性使其免于麻木和沉沦。这种文学精神受到后代诗人的尊重和继承，成为诗歌活跃的生命力。

孔雀东南飞

中国古典诗歌一开始就是偏重于抒情的。《诗经》中虽然有些作品带有叙事成分，但并不重视情节与人物，还不能说是真正意义上的叙事诗。而在汉乐府的俗乐歌辞中约有三分之一为叙事性的作品，由此建立了中国叙事诗的传统。

汉乐府中的叙事诗大多如前面说到的《妇病行》《东门行》那样，篇幅短小，技巧简单。而篇幅较长的如《陌上桑》等，则有更多的描叙和矛盾冲突的起伏。《陌上桑》写一个名叫秦罗敷的美女在城南隅采桑，人们见了她都爱慕不已，而一位路过的"使君"（太守一级的高官）见色起意，想要把她带走。罗敷断然拒绝，又夸耀自己的丈夫气度不凡而且地位也很高，弄得使君灰溜溜地很丢脸。它告诉我们美女确实很可爱，但不守礼义、想入非非，下场会很惨。这是一个带有点道德教训却又很诙谐的故事。

《孔雀东南飞》原名叫《古诗为焦仲卿妻作》，共三百五十三句，一千七百六十五字，在中国古诗中，要算是少见的长篇了。内容写庐江府小吏焦仲卿与其妻刘兰芝感情甚笃，但焦母却不喜欢儿媳，夫妻因而被拆散。焦母要仲卿休妻再娶，兰芝的哥哥则逼迫她改嫁，二人走投无路，最终约定时间分别自杀。

在这个故事中，刘兰芝的形象塑造得最为成功。在女性没有独立生存权利的时代，刘兰芝所拥有的选择余地非常之小，但她却尽了一切力量反抗强加给自己的命运。面对焦母的蛮横与苛刻，她主动提出回到娘家去，这是为了维护自我的尊严；当面对兄长的逼迫时，她镇静而从容地选择了以死相对抗。作为弱者，人性高贵的一面在她身上得到了清晰的展现。此外，像焦仲卿、焦母、刘兄诸人，性格特征也很清楚。

《孔雀东南飞》描写了中国传统社会中常见的家庭悲剧，一直到巴金的小说《寒夜》，还能读到相似的情节。它因而格外脍炙人口。

北国之声江南曲

西晋覆灭以后，中国历史上出现了约三百年的南北分裂时代。在这种情形下，中国南北文化的差异会表现得格外明显。而等到重新统一时，气质不同的元素彼此融合，又会为文化的更新带来活泼的生机。南北朝乐府民歌就是很好的例子。

北朝民歌留下的数量较少，但特色非常强烈。像《企喻歌》："男儿欲作健，结伴不须多。鹞子经天飞，群雀两向波。"雄健的鹞鹰冲天而起，怯懦的群雀如水波躲向两侧，这是真男儿敢以独身敌众的气概。著名的《敕勒歌》描绘了北方大草原的风光和游牧生活："敕勒川，阴山下。天似穹庐，笼盖四野。天苍苍，野茫茫，风吹草低见牛羊。"这首歌谣原是鲜卑语，现存歌辞是翻译作品。歌中广阔无垠、混沌苍茫的景象，也正表现了歌唱者开阔的胸襟、豪迈的情怀。

北朝民歌中最有名的当然要数《木兰诗》。一个小女子扮作男装替父从军，建立功勋然后从容归来，这本身是传奇性的故事。归来之后，"开我东阁门，坐我西阁床，脱我战时袍，著我旧时裳，当窗理云鬓，对镜贴花黄"，又俨然一个娇娇的小女子。战争简直成了勇敢者的游戏。

南朝乐府民歌主要分为"吴声歌曲"和"西曲"两大类，现存数量大约有近五百首。这些歌曲明显是产生在城市环境中的，写男女欢爱之情的占百分之九十以上。而诗中的男女主人公，按照严格的礼教标准来看，几乎完全是"非礼"的关系：或是青年男女之间的私相爱慕，或是冒犯世俗道德的偷情，或是萍水相逢的聚合。

在婚姻不能自主且很少顾及当事人感情要求的古代中国，这些诗大胆热烈、毫无掩饰地歌颂了对爱情的追求，表现出对人生的幸福与快乐的渴望。在诗人的眼光里，恋爱中的人无比美丽。像《子夜歌》的一篇:"宿昔不梳头,丝发披两肩。婉伸郎膝上,何处不可怜!"再如《子夜四时歌》的一篇:"光风流月初,新林锦花舒。情人戏春月,窈窕曳罗裾。"长发披肩,婉转于情郎的膝上,罗衣飘曳,漫步在月下花丛,那些女子的风姿令人感动。

这种"非礼"的恋爱常是充满艰辛,而且多以悲哀的结局告终。《夜度娘》写了这样情形:"夜来冒露雪,晨去履风波。虽得叙微情,奈侬身苦何。"但相爱的人们并不因此退缩,他们愿意把爱情看成生命中最高的价值。当然,歌谣未必真是实际生活行为的写照,但作为情感取向是明确的。

如此大量的情歌集中出现,反映着情感解放的要求,足以给中国文学的面貌带来重要改变。它成为当时以及后代文人创作灵感的重要来源。

自然的兴味

自魏晋以后，文人诗歌创作兴起，逐渐成为支配中国古典诗歌发展变化的主导力量。文人诗在以下几个方面改变着以歌谣为主体的诗歌的面貌：一是更为个性化，二是语言更为精致，三是诗体不断分化，形式更为丰富，四是诗歌的内涵更为深化，不再是对生活及环境的朴素的感受。

要说到诗歌内涵的深化，一个最合适的例子就是自然主题亦即通常所谓山水田园诗的兴起与流行。在传统中国画和中国古典诗歌里，山水自然都是核心主题，这里体现着中国人重要的审美趣味。

自然哲学

中国田园山水诗兴起于晋宋之际，这一过程，有着深刻的思想与文化背景。

老庄哲学中，有一个关于宇宙本体的概念，谓之"道"。到了魏晋时代，兴起了以老庄为基础的玄学。以这种学说来看待人生，它的根本价值并不取决于世俗的荣辱毁誉、得失成败，而在于精神的超越升华，也就是要感悟永恒的大道，将个体生命化合于大道。

而"道"又是玄虚的存在，并不像一般宗教中的神，显示出人格化的形态，用语言表达自身的意志（譬如《圣经》传达了基督教"上帝"的意志）。唯有从四时运转、万物兴衰之中，才能体悟"道"的存在与运行。所以对自然的体悟即是对"道"的体悟，人与自然的融合即意味着摆脱凡庸的、不自由的、为现实社会关系所羁累的世俗生活，从而得到高尚的生存体验。

取一个例子来说，东晋王羲之所作《兰亭诗》以"三春启群品"开头，而后转入"寥朗无厓观，寓目理自陈"的哲理感悟，意思等于是说自然犹如一部大书展开在人们面前，造化的奥秘由此呈现出来。再有，《世说新语》记王胡之观赏山水，感叹说："非唯使人情开涤，亦觉日月清朗！"山水如何能够使人情"开涤"（由壅塞而致通达，由污秽而致清爽）呢？简单地说，这就是因为人情融合于自然而获得它的超越性，从而使生命状态转化为宽广从容，成为美丽的生命。有"人情开涤"，进而便有"日月清朗"，因为用晦暗的心看到的世界只能是晦暗的，而明朗的心则使整个世界呈现明朗。在这里，人与自然的一种精神性关联得到非常生动的呈现。

所以，对于自然的审美，从一开始就牵涉两个基本问题，一是从永恒、伟大的宇宙本体去理解世界和生命现象，一是将自然视为对于世俗生活的解脱，从而使生命达成一种诗化的完美。说到底，融入自然即意味着美的和具有更高价值的生存。

上面所说的道理对于理解中国文化有着重要的意义。但对于诗而言，哲理并非一切。诗是感性的，是语言的艺术，田园山水诗真正成立，还有待于有才华的诗人的独特体验与创造。

采菊东篱下

　　陶渊明是东晋末刘宋初的一位诗人。他做彭泽县令时，无法忍受官场的压抑，宣称不愿"为五斗米折腰"，弃职还乡，隐居躬耕而终。《归园田居》（其一）表达了他归隐时的心情，诗在追悔"误落尘网"、庆幸回归之后，细致地描绘了乡村的环境："方宅十余亩，草屋八九间。榆柳荫后檐，桃李罗堂前。暧暧远人村，依依墟里烟。狗吠深巷中，鸡鸣桑树颠。户庭无尘杂，虚室有余闲。"而最后归结为："久在樊笼里，复得返自然。"这里描写的是乡村很平凡的日常景色，而它的宁静、朴素、平和，由于作为官场的污浊与喧嚣的反面而显得格外美好。

　　《归园田居》这类诗习惯上归于"田园"一类。在陶渊明看来，乡村较之于城市是更符合"自然"的，因而这里的生活更有益于保全纯朴的人性。后代士大夫在失意或者对政治感到厌倦时，总是容易想起陶渊明的榜样。

　　当然它和山水诗还是有区别的。陶诗中最著名的《饮酒（之五）》，更能够印证前一节所说的自然主题内蕴的哲理。诗开头说:"结庐在人境,而无车马喧。问君何能尔?心远地自偏。"虽然居住在"人境",却感受不到俗世的喧哗,因为"心远"——精神与这个俗世是相脱离的。而一旦完成这样的脱离,便与自然相亲近,于是"采菊东篱下,悠然见南山"。看到的是"山气日夕佳,飞鸟相与还",体悟到的则是更深一层,谓"此中有真意,欲辩已忘言。"但所谓"真意"实际上在前面已经做出了暗示:在一种醉意的陶然中精神融合于自然,又从自然的永恒、美好、自由中感受到自己生命的意义。

山水含清晖

陶渊明诗主要以乡村生活为中心,要说山水诗的成立,人们更多地归功于生活年代与之相近的谢灵运。他出身于东晋最显赫的世族家庭,却一直没有得到刘宋政权的信任,心境总是郁闷。而他所任职的永嘉、临川以及家乡始宁均多山水胜景,便将郁闷孤独之绪寄托于自然,经常四处探奇寻胜。游历的经过，便用诗来记述。

谢灵运的山水诗通常是游记式的，像《游赤石进帆海》《从斤竹涧越岭溪行》《石壁精舍还湖中作》之类，题目上就明白显示出来。在这种诗中，自然景物随着诗人视线的转移和时间的流动而变化，结尾大多总结式地点出自然对于人生的启示，但议论有点过度。

不过人们更关注的不是这种议论，而是从喜爱自然之心生发的对景物的细致观察，以及富于创造力的语言表现。没有语言艺术的创新，新的诗歌主题是不能真正成立的；而谢灵运的特长，就在于通过深于刻练、意象明丽的佳句，使自然之美成为诗歌之美。如"云日相辉映，空水共澄鲜"（《登江中孤屿》）景象壮阔而明亮，"密林含余清，远峰隐半规"（《游南亭》），画面的层次感与线条感极其优美。而"白云抱幽石，绿筱媚清涟"（《过始宁墅》），用拟人手法，将人对自然景物的喜爱，转托为云对石的缠绵，竹对水的娇媚，景色显得富于人情味。这些佳美诗句前无古人，而深刻地吸引着来者。

山水诗的出现，不仅大为拓展了中国古典诗歌的疆域，而且显著地改变了诗歌的语言。在谢灵运诗中，汉语展现出新的魅力，这引发了后世的诗人在这方面不断做出进一步的努力。

诗体的分化

  《诗经》的四言诗体到了汉代就不再流行,虽然还有人在写,但优秀的作品数量甚少。楚辞体则是向赋的方向转化,诗的特质逐渐减少(按照古代的文体区分方法,"辞赋"被看作介于诗文之间的一个特殊的文类)。在西汉前、中期,还曾经流行过一种与楚辞同源的短歌(如项羽《垓下歌》、刘邦《大风歌》等),后来也渐渐衰微了。大体自东汉至南北朝前期,诗歌的基本体式就是五言古体。当需要表现复杂的人生体验与情感时,这种单一类型的诗体就会显得不充分。

  从南朝齐、梁到唐代,人们对诗歌艺术进行了艰苦的探索和多方面的尝试。从形式方面而言，以诗歌的格律化为中心，诗体逐渐分化，先后发展成熟，最后形成五言律、绝，七言律、绝，五、七言古体等多种诗体并存的局面。

不同的诗体，抒情与表现功能是有区别的，而诗人对诗体的偏好与选择，亦往往与性情之所近有关。举最简单的例子来说，李白、杜甫诗名最盛，并且都是造诣全面的大家，但仍然各有特长：李白的最高成就表现于自由奔放的杂言体古诗和七绝，七律的成就很一般，而杜甫则是律诗的圣手，绝句就谈不上卓异了。所以诗体分化的问题，归根结底是因为诗歌中的情感表现越来越丰富和深化。

在有限的篇幅内，我想简略地谈谈各种诗体的特点。这其实有点冒险，因为使用同一种诗体写出的作品，仍然会有多样的风格。但略论其大端，也还有可能和必要吧。

五言古体

唐人把格律诗称为"近体"，于是在这以前就有的不讲求格律的诗相应地就被称为"古体"。五古是汉魏以来诗歌基本的体式，唐以后仍然很流行。形式上没有什么限制，但通常是用整齐的五言句写成。

近体特别是律诗，一般来说修辞比较精巧，常常以新奇的表现，通过语言的"陌生化"来追求警醒的效果。而写五古的人则多重视"古调"的风味，语意大抵比较顺畅，语汇也相对朴素一些。从功能上说，这种自由的诗体原本无所不可，但用于将记述与议论相杂尤为相宜，因为进退自如。杜甫的《北征》《自京赴奉先县咏怀五百字》两大长篇，感情饱满，结构起伏多变，将五古的功能发挥到了极致。

七言古体

七言古体来源也很古老，源头可以追溯到楚辞，但汉魏时流行程度远不如五古。到了南朝尤其梁、陈，七言诗开始走向兴盛。

在古代习惯的分类中，"七古"比较含混，在这个总名下包含着几种不太相同的诗体。

一种是齐言体（每句均是七字）。这种诗体起源于梁、陈间的乐府歌行，它在形式上的特点是句式整齐和有规则地换韵（以四句一换为多），有很好的音乐感。同时，这种诗的意脉通常是连贯的，虽然多转折却少用突兀的起落，与音乐的特点相配合，读起来委婉连绵，富于流动感。最有名的例子，就是张若虚的《春江花月夜》。高适也喜欢写这种诗体，不过格调偏于雄壮豪迈，譬如写边塞的《燕歌行》。中唐时白居易等人用这种诗体写叙事性的作品，像《长恨歌》《琵琶行》，又是另一种风貌了。

杂言的七古称作"杂言体"可能更恰当一些，因为传统上归在这一名下的诗，有的只有很少的七言句。这是古代充分意义上的自由体，没有任何限制，诗人完全根据自己的抒情需要来写作，句式参差，长短无拘。大凡性格强烈、容易激动的诗人，都喜欢写这种诗体，譬如李白就最喜欢也最擅长写这种诗。

五言律诗

五律是古诗格律化过程中最早完成的诗体，可以说是近体诗的核心,梁代就已成型,唐人在格律形式上只做了有限的改进。这一诗体体现了古人对形式的完美追求:五言八句,分作四联,常规首尾两联不对仗,中间两联对仗;不对仗的句子形式松散而语意连贯,对仗句则是形式高度统一而意义各自独立("流水对"为例外)。这种句式结构具有非常好的建筑美感。同时,在声调上,每一句中平仄交错,每两句间平仄对立(例如:仄仄平平仄,平平仄仄平),联与联之间又用"粘"的规则避免单调重复(大体是将前一联的平仄模式颠反使用),形成一种有规则又有变化的音乐旋律。

五律总是用来记述一个生活事件或心理事件的完整过程,结构上通常有交代、进展、转折、收结的层次变化。因为篇幅的限制,它不可能连贯地陈述,而是一个层面一个层面跳跃着连接的,于是形成了有意味的空白;而且对仗联常常是用写景来代替直陈的表达,这些对于读者来说都是可以自由介入的空间。

五律是一种精致的、要求严格的诗体,同时又是容易学习和把握的诗体。古人学诗,首先从这里入门,《红楼梦》里黛玉教香菱写诗,是一个生动的例子。

七言律诗

　　七律的许多特点与五律相似，但掌握起来要困难得多。因为五言句变化有限，容易在平稳中写得精致，而七言句写得平稳就会死板；近体诗追求语言精练，意象常常很密集，而篇幅扩大以后，处理得不好意脉就变得松散无力。一首好的七律，从首尾呼应、层次结构到节奏的张弛、句式的变化，都必须控制得恰当而自如。所以写七律需要很大的力量。七律也是成熟最晚的一种诗体，到了杜甫手中，它的表现力才得到充分的发挥。之后堪与之媲美的七律大家是李商隐，他们都是才华出众而又用心深细的诗人。

五言绝句

　　五绝源于南朝乐府短歌，四句二十字，是古诗中最短小的诗体，它和七律也是古诗中最难写好的诗体。宋代严羽说，"七律难于五律，五绝难于七绝"，是经验之谈。但难写的原因不一样。五绝之难，在于篇幅特别短小，很容易写得浅薄或者局促，所以它比其他各种诗体更讲究含蓄、暗示，情、景绝不能尽于字面。优秀的五绝，应该是字面清浅，意境完整，而余味深长。譬如元稹的《古行宫》："寥落古行宫，宫花寂寞红。白头宫女在，闲坐说玄宗。"诗中呈现的像是一个很简单的生活片段，但白头宫女"闲坐说玄宗"的场面，却是暗示了极其丰富的历史内容和人世沧桑之慨。又像刘长卿的《逢雪宿芙蓉山主人》："日暮苍山远，天寒白屋贫。柴门闻犬吠，风雪夜归人。"雪夜旅途中一个温暖的憩息之所，一个温暖的等待，既是生活事件的纪录，更是人生境遇的象征。

七言绝句

七绝或许是最受人们喜爱的一种诗体。因为它短小、容易记诵，却又比五绝显得优美舒展。而唐人七绝常常是用来配乐演唱的，所以习惯上它的语言较为浅白，比律诗要让人感到亲切。还有一个容易被忽视而其实很重要的特点，就是七绝通常不会平静地记述一个完整的事件过程，而更多是由某个生活片段激发出活跃的情思，诗意单纯而集中（所以擅长七绝的诗人，大多才气横溢）。这些优点集合在一起，一首好的七绝能令读者过目成诵，永难忘怀。

七绝常见的写法，是将四句分作两个层次，前两句包含了事由的交代、情绪的铺垫，后两句产生转折、递进，用一种活跃的情思来激发读者的感受。如王维的《渭城曲》，前面"渭城朝雨浥轻尘，客舍青青柳色新"，写景的句子，气氛安静。而后转入"劝君更尽一杯酒，西出阳关无故人"，激情飞动起来。又如杜牧的《赤壁》，前面"折戟沉沙铁未销，自将磨洗认前朝"，虚构了一个生活场面，对历史的怀想酝酿着某种有待揭示的情绪，而后转入"东风不与周郎便，铜雀春深锁二乔"，感慨英雄之成败每系于机遇之偶然，诗人的自信与自伤如波涛涌发。

另外有些简单说明：古诗也有用六言句式的，但不常见；绝句有"古绝"与"律绝"之分，古绝属古体；再有排律一体，为律诗的任意延展，多用于社交性酬唱。

唐音与宋调

　　唐代是中国诗歌的全盛阶段和黄金时代。在这样的背景下，宋代诗人努力寻求突破和在不同方向上的发展，形成另一种风貌。唐诗与宋诗，因为高度成熟、形态丰富，是后人学习的主要的榜样。而两者之间又有明显的区别，所以宗唐还是宗宋，就成为争议的话题。宋以后，不能说诗歌艺术完全没有创造性的发展，但一般是要么以唐人为榜样，要么拜宋人做老师。大要言之，元、明以宗唐为主，清代则喜欢宋诗的人更占上风。完全摆脱两者的情况是很少的，也很难做到。

　　所以论古诗的艺术风格，"唐音""宋调"便成了内涵最大的概念。

唐音宋调之别

　　唐宋诗的区别，根源在于历史的变化，在于社会制度及思想文化的差异。

　　在经历了数百年的分裂、动荡和民族冲突之后重建大一统局面的唐王朝，版图辽阔，国势强盛，对周边国家具有支配性的影响力。在内部，它是以多民族融合为基础的，包容了多种文化元素；对外部，它又是高度开放的，对一切新奇事物充满热情。多元、开放、活跃，是唐文化的基本特点，豪迈、自信是唐代文人常见性格。

　　宋代的情况很不相同。即使北宋的疆域范围也不足唐的三分之一，在对外关系上，两宋先后受制于契丹、西夏、金、元，经常处于危机状态。但另一方面，宋代开始形成了中央集权体制下成熟的文官制度，内部统治秩序相当稳定，经济与文化发展水平很高，城市繁荣程度更明显高于唐代。

因此，总体而言，宋代文化相对保守，开放性和活跃程度不如唐代。宋代士大夫几乎完全是从科举考试出身的，他们既是国家的中坚，同时也对国家、皇权有很大的依赖性；他们大多生活优裕，文化修养深厚，行为方式较为谨重；他们比唐人更善于思考，艺术趣味更精细，而在唐人身上常见的与个性张扬相联系的天真直率、放荡狂傲、任情任性等习性，在宋人眼光里实在是浅薄的表现。

唐宋诗之别，要从大的地方来说，就是唐诗较偏重于感性，更富于激情，语言比较华丽，而宋诗要多一些理性，情绪比较冷静，语言崇尚以平淡见隽永。钱锺书《谈艺录》说"唐诗多以丰神情韵擅长，宋诗多以筋骨思理见胜"，差不多就是这意思。而缪钺《诗词散论》中也对此做过解析，兹引录一节如下："唐诗以韵胜，故浑雅，而贵酝藉空灵；宋诗以意胜，故精能，而贵深折透辟。唐诗之美在情辞，故丰腴；宋诗之美在气骨，故瘦劲。唐诗如芍药海棠，秾华繁采；宋诗如寒梅秋菊，幽韵冷香。唐诗如啖荔枝，一颗入口，则甘芳盈颊；宋诗如食橄榄，初觉生涩，而回味隽永……就内容论，宋诗较唐诗更为广阔。就技巧论，宋诗较唐诗更为精细。然此中实各有利弊。"

江山胜迹

自南朝以后，通过描绘自然美景以抒发人生情怀一直是古典诗歌的核心主题，唐诗在这方面的成就尤为特出。按照习惯的说法，唐诗中存在着一个"山水田园诗派"，其代表性诗人有王维、孟浩然、储光羲等。

王维的山水田园之作有很大的创造性。他因为在安史之乱中接受伪职而受挫蒙耻，后期在政治上采取低调姿态，于长安郊外经营辋川山庄，归心禅宗佛学，过着半仕半隐的生活，自然成为精神的寄托。他的诗有一些常人不能及的优长：一是诗中常蕴含佛理禅趣却又富于感性，在呈现自然景象的幽静与深邃时总不乏清丽丰润的美感；一是语言精心修饰而又十分纯净。清代诗人王士禛论诗推崇"神韵"，以王维为宗，主要就是指其诗中的意境有难以

言传之美。譬如《山居秋暝》:

空山新雨后,天气晚来秋。明月松间
照,清泉石上流。竹喧归浣女,莲动下渔
舟。随意春芳歇,王孙自可留。

诗中没有写到什么异常的事物,却又实在不是
日常性的景象。一片宁静而清朗的世界,散发着梦
幻般的美丽的光华。"王孙自可留",更可以理解为
诗意生活对庸俗人性的劝归。

王维善于凭借着敏锐而细致的感受、使用恰好的
语言显示光与色及声音变幻不定的形态。这里面有
禅宗的哲理,但读者感受到的却不是枯寂。《山居秋
暝》的空山夜景有这样的味道,《鹿柴》更为典型:
"空山不见人,但闻人语响。返景入深林,复照青苔
上。"空山中不见人影因而更显得飘忽的声音,暗淡
地浮动着并且正在静静地消逝的阳光,演示了"有"
和"无"的不确定性。世界似乎是虚幻的,但这虚幻
非常迷人。

擅长描绘自然的诗人绝不只被列入"山水田园

诗派"的诸人，唐诗名家几乎人人都有这方面的佳作，而大诗人李白更有傲视群雄之气概。他是一个热爱自由、狂放不羁、异想天开的人，在描写自然景物时，会情不自禁地把这种个性融化进去。他尤其喜爱描写呈现出强烈动态和磅礴气势的高山大川，在壮美的意境中抒发豪情逸兴，譬如"黄河之水天上来，奔流到海不复回"（《将进酒》），"天姥连天向天横，势拔五岳掩赤城；天台四万八千丈，对此欲倒东南倾"（《梦游天姥吟留别》），都不仅仅是在讴歌自然的力量；又如《望天门山》写出长江的壮阔，同时也写出豪爽的意气：

天门中断楚江开，碧水东流至此回。两岸青山相对出，孤帆一片日边来。

宋代诗人学唐诗是很普遍的现象，但气质上的差别仍然很明显。一般而言，宋人的山水之作不仅与李白的雄奇相隔膜，和王维的明丽也不相近，而多以平静、细致、新巧见长。写景名句如北宋初王禹偁《村行》中的"万壑有声含晚籁，数峰无语立斜阳"，北宋中期梅尧臣《东溪》中的"野凫眠岸有闲意，老树著花无丑枝"，都看似平淡却耐人回味。我们再用唐、宋诗的二首名作来比较：

日照香炉生紫烟，遥看瀑布挂前川。飞流直下三千尺，疑是银河落九天。(李白《望庐山瀑布》)

横看成岭侧成峰，远近高低各不同。不识庐山真面目，只缘身在此山中。(苏轼《题西林壁》)

两首诗都是写庐山。李白的诗很漂亮，同时又非常夸张。说庐山瀑布垂挂"三千尺"，犹如从银河流出，真要计较起来近乎荒唐。但人们并不以为怪，因为可以体会到这是从天真而富于童心的眼光看到的自然，它因为充满情感而格外动人。而对于宋人来说，如此"幼稚"在性格上就不容易接受。苏轼的诗从观察庐山时"移步变形"的经验，归纳出更具普遍意义的人生哲理，写作的情感是冷静的，其显著的优点是一种从智慧中产生的机趣。

边关风尘

　　唐代疆域扩张，与周边族群常有冲突，因此产生了大量以战争和边塞生活为主题的诗作，习惯上称之为"边塞诗"。最著名的边塞诗人有高适、岑参、王昌龄、李颀等。这类诗的具体内容也是多种多样的，描绘大漠风光与军旅生活，反映将士的怀乡之情，反映军中的不平等，乃至表达厌战与反战情绪等等，都很常见。但唐人边塞诗往往有一种豪迈旷达的情怀，即使面对艰苦的环境甚至死亡的威胁，也不愿显现出畏缩的情态。这种风格特征产生于国力强盛的历史背景，又与崇尚英雄主义的社会氛围相关联。譬如王昌龄非常有名的一首《出塞》：

　　　　秦时明月汉时关，万里长征人未还。但使龙城飞将在，不教胡马度阴山。

诗一开头就把边塞的战争追溯到它的遥远而连绵不绝的历史，提醒人们自古以来沿长城一线血与火的冲突是这一土地上的人们难以摆脱的命运，而后用"但使""不教"这样的假设句表达了对良将的期待、对和平的祈愿。这诗写得并不深奥，却在短小的篇幅中包含了对历史的思考和复杂的感情，它的风格雄健浑厚，令人体会到诗歌语言的力量。再有王翰的《凉州词》：

　　葡萄美酒夜光杯，欲饮琵琶马上催。醉卧沙场君莫笑，古来征战几人回？

　　因为死亡是随时可以来临的，生命的每一个片刻都值得珍爱；而纵情的乃至不无奢侈的享受既是军人嘲弄死亡的方式，又隐隐透出一层悲凉。

　　边塞诗人不一定有实际的从军经历，有的诗人是依赖间接的资源来写作，而真正有过从军经历的诗人写出的作品，则别有一种特色。如王维描绘大漠风光的名句"大漠孤烟直，长河落日圆"（《使至塞上》），非亲历者不能道出。而岑参因为多年在今新疆一带军府中任幕僚，诗中写边地风光、异域情调，格外亲切生动。像"北风卷地白草折，胡天八月即飞雪。忽如一夜春风来，千树万树梨花开"（《白雪歌送武判官归京》），"君不见，走马川行雪海边，平沙莽莽黄入天。轮台九月风夜吼，一川碎石大如斗，随风满地石乱走"（《走马川行奉送出师西征》），景象奇异瑰丽，为古诗中所少见。

宋代由于长期受到周边政权的威胁，对外关系上，基本态势是防卫性的。唐人那种对异域风情的兴趣、立功边远的志向和豪迈自信的气概，在宋人诗中已难得一见。不能说宋诗中没有英雄主义的精神，在民族危机当前的关头，许多诗人无论是否参与军事活动，都有过誓愿光复山河、不惜为国捐躯的热烈表述，这类诗作同样具有激动人心的力量，值得珍视。但由于历史格局的限定，诗中又大抵难免呈现出无奈和悲凉的情调。

南宋陆游的诗作在这方面颇具代表性。他不仅一生积极主战，以恢复中原为志，一度还曾应四川宣抚使王炎之请入幕襄理军务，积极"陈进取之策"。但南宋与金相对抗的前线，其实已经是中国的腹地。这种背景下的诗作即便意气慷慨，和唐人以中亚为疆场写作的边塞诗，已是不可同日而语；况且连抗金自保也是艰难的任务。所以陆游的诗总是在豪迈中透出深刻的失望，如著名的《书愤》：

> 早岁那知世事艰，中原北望气如山。楼船夜雪瓜洲渡，铁马秋风大散关。塞上长城空自许，镜中衰鬓已先斑。《出师》一表真名世，千载谁堪伯仲间！

当南宋灭于蒙元之际，文天祥留下了千古传诵的《过零丁洋》。"惶恐滩头说惶恐，零丁洋里叹零丁"，无奈和萧瑟之气更甚于陆游；然而不变的是对民族的忠贞，对历史责任的担当，所以终了仍不失英雄意气："人生自古谁无死，留取丹心照汗青！"声调壮烈，响遏行云。

人生何似

人在现实的社会关系中生存，难免要做很多斟酌与选择，生命的姿态难免有委曲之相。而诗作为虚构空间,可以展开想象的生存,成为"诗意的栖居"。而在不同的社会与文化条件下,人们对人生的理解与想象也会各不相同。

魏晋以来崇尚个性自由的文化精神,在唐代不仅得到沿承,而且有进一步的张扬。因而唐诗在抒写人生情怀时,常常把自我尊严放在很高的位置。从初唐陈子昂的《登幽州台歌》就透露出这种气息:"前不见古人,后不见来者。念天地之悠悠,独怆然而涕下。"诗中以无限的时间和无穷的空间为背景,高耸起一个伟大而孤傲的自我,给人以崇高的美感。

李白更是一个充满梦想的非凡的天才。他好酒,任侠,求仙问道,漫游四海,追求神气飞扬、超凡脱俗、欢畅淋漓的人生境界,追求一切可能的成功和享受。

李白在政治上亦慷慨自负,"愿为辅弼,使寰区大定,海县清一"(《代寿山答孟少府移文书》),因为这是壮丽人生所需要的舞台。但他却无法忍受俯首在权力的阶梯上费力攀升,他为自己设想的从政道路是由布衣直取卿相,做一番安国济民的大事业,然后是"功成拂衣去,摇曳沧州旁"(《玉真公主馆苦雨》)。当他被召入长安之后，自然不肯为了遵守等级秩序的固有规则而卑膝向人。"揄扬九重万乘主，谑浪赤墀青琐贤"（《玉壶吟》），对皇帝他无妨加以称赞，至于群臣也就是彼此玩笑一番罢了。当发现自己不能为官僚们所容忍时，他诧异且愤怒地指斥这个世界的荒唐，高声呼喊："安能摧眉折腰事权贵，使我不得开心颜！"（《梦游天姥吟留别》）他把"开心颜"看得那么重要，因为他不能够压抑自己。

其实，李白是否具有在复杂的权力结构中从事政治活动的能力是可疑的；甚至，他也未必能够完全按照自己所描摹的理想方式去生活。然而作为诗人，他为世人描绘了在当时而言是瑰丽非凡的人生图景。

唐代另一位伟大诗人杜甫，比起李白来，为人似乎要拘谨很多。但即便如此，他的身上也仍然体现着唐代诗人特有的自信、骄傲与豪宕气质。这不仅表现他年轻时亦曾"放荡齐赵间，裘马颇清狂"（《壮游》），表现在他写《饮中八仙歌》，赞扬李白、张旭等人任情纵酒的风姿，就是他以"致君尧舜上，再使风俗淳"（《奉赠韦左丞丈二十二韵》）来表述自己的政治理想，也散发着一种自命不凡的气息。

安史之乱中，杜甫携家入蜀，多年漂泊于西南。国家战乱不休，自身寄人篱下，使得他对人生前景越来越感到失望。这一时期的许多诗作，抒发了他失望与郁悒的心情。但无论如何，杜甫也不喜欢写逼仄幽昧的诗境，因为将自我形象置于这样的诗境中，其生命状态会显得卑屈猥琐。他总是要用宏大的空间、壮丽的景色来衬托自己的身影。像《登高》的前四句："风急天高猿啸哀，渚清沙白鸟飞回。无边落木萧萧下，不尽长江滚滚来。"在这样辽阔而动荡的大自然中，诗人的形象出现了："万里悲秋常作客，百年多病独登台。"尽管结末"艰难苦恨繁霜鬓，潦倒新停浊酒杯"二句多有伤感，但读者不会感觉到他是渺小的。又像《旅夜书怀》：

　　细草微风岸，危樯独夜舟。星垂平野阔，月涌大江流。名岂文章著，官应老病休，飘飘何所似，天地一沙鸥。

此诗写在杜甫离开蜀中进入湖北的途中，这已是他生命最后的时光。一切人生怀想都已无从把握，但生命的姿态依然高贵。夜色原本难以描绘，但"星垂""月涌"之句，是何等壮丽的景象！而用来作为自我的象征的沙鸥，便飘翔于如此的天地之间。

宋代著名诗人中，最早对杜甫表示格外敬重的是王安石，他的诗作可以看到向杜甫学习的痕迹，如《寄蔡天启》：

杖藜缘堑复穿桥，谁与高秋共寂寥？伫立东岗一搔首，冷云衰草暮迢迢。

这首诗是王安石变法失败后罢职闲居时所作。它和前面说到的杜甫的《登高》有些相像，伫立于秋日山岗上孤独的身影，透出作者内心的不平和隐痛，以及他的骄傲。但比起杜甫，王安石做了淡化的处理，诗中自然景象不像杜诗中那么广阔而涌动不息，这就避免了情绪的扩张。若是从实际政治地位来说，王安石作为操持天下权柄的宰相，比起仅仅拥有工部员外郎虚衔的杜甫，相去不可以道里计。但杜甫的诗是诗人之诗，情感是热烈而张扬的；王安石的诗是学者和政治家的诗，他不愿意表现得过于激动，一种身份意识要求情感保持适当的收敛与平静。

人生何似？苏轼有一首《和子由渑池怀旧》，也试图对此给出一种解答：

人生到处知何似？应似飞鸿踏雪泥，泥上偶然留指爪，鸿飞那复计东西！老僧已死成新塔，坏壁无由见旧题。往日崎岖还记否？路长人困蹇驴嘶。

苏轼和弟弟苏辙（字子由）在赴汴京应试时曾寄居于渑池的一座寺庙，并在老僧奉闲的墙壁上题诗。数年后苏轼再经渑池，此时老僧已死，葬骨塔中，旧壁颓败，不见题诗。在这首与弟弟唱和的诗中，苏轼借此两番经历对人生做了一种哲理性的解析：一方面人生无从把握，人没有能力设定他的目标与方向，另一方面是世界不断变化，任何事物都处于成与毁的过程中。无从把握的人生与不断变化的世界相交，就算留下一些痕迹也是转瞬即逝。但即便如此，人还是要做出辛勤的努力，奔波在崎岖长途，这就是生命的根本真实。我们真是很难说它是"积极"的还是"消极"的。但我们知道：这和唐诗中常见的对人生的高自期许和浪漫想象完全不同，它触及了生命中深刻的无奈；倘若说人有可能追寻生命的美好，也只能是在这一背景色调上展开的。

蓬山梦远

许多唐代诗人喜爱描写美丽的女性和神秘的恋情，这种风气到中、晚唐益盛，更强化了唐诗的华丽和唯美倾向。

这自然和唐代文士的生活经验有关：这是一个社会风气开放的时代，文人与歌妓、女道士（她们中一部分人的生活方式类似妓女）之类人物的交往很自由，而且这种风流行径通常不会受到任何指责。杜牧《遣怀》诗说："十年一觉扬州梦，赢得青楼薄幸名。"这里有自嘲，也有自赏。

但诗歌的价值并不在于它如何记录了生活真实，而在于它怎样表现了生命的期望。在古代社会条件下，男子可以自由交往、与之发生情感关系的异性，大致仅有歌妓这一类人物。因此，在她们身上，尤其在诗的空间里，会有比生活本身更丰富更美丽的寄托。

中唐后期的李贺，是一位早夭的天才，他身体虚弱，其貌不扬，却高度敏感而极富于想象力。他特别喜欢写的对象，一是缥缈的仙界，一是美丽的异性，在这里有对美和永恒的向往。而他诗中的女子，又总是孤独而寂寞，和诗人的内心一样。如《洛姝真珠》：

> 真珠小娘下清廓，洛苑香风飞绰绰。寒鬓斜钗玉燕光，高楼唱月敲悬珰。兰风桂露洒幽翠，红弦袅云咽深思。花袍白马不归来，浓蛾叠柳香唇醉……

诗题表明这是写一位洛阳的歌女，但诗中呈现的，又并非真实的歌女形象。她仿佛从天而降，在京城宫苑的香风里展现柔曼的身姿；她在月光下敲击着玉珰唱歌，她的弦声带着深长的情思飞向云端；

而她等待的人始终没有归来，于是她无奈地陷入沉醉……诗中的语言如此华丽，流动着梦幻的光泽。

晚唐的李商隐以无题诗著名。这一类诗或直接标为"无题"，或以篇首数字为题而实际仍为无题。关于无题诗各篇的主旨向来多有异说，但其中一部分写的是男女恋情应是无疑的。

在李商隐诗中，深厚的恋情常常呈现为刻骨铭心、生死无休的状态，令人感觉到它已经被视为生命中最有价值的东西，这在以前的文人诗传统里是很少见的。如下面这首《无题》：

相见时难别亦难，东风无力百花残。春蚕到死丝方尽，蜡炬成灰泪始干。晓镜但愁云鬓改，夜吟应觉月光寒。蓬山此去无多路，青鸟殷勤为探看。

这是写一对被阻隔的恋人之间的固执而又痛苦的情感。从别离之苦，到恋情的纠缠固结，而后是两地为相思而憔悴的伤感情景，最后又以仙家蓬山譬喻两人虽近在咫尺却又远过万里。全诗始终围绕恋情的无法舍弃又无法满足来写，而"春蚕""蜡炬"一联写情几于凄厉，令读者的心灵受到震撼。

李商隐的无题诗大抵写得朦胧闪烁，上面选列的一首已经算是很清晰的了。这未必就是因为故意要隐蔽什么，而是为了追求特殊的艺术效果：似隐似显，却又华丽诱人，充满暗示。它让人感受到爱情是那样神秘，并且正是因为神秘才格外激动人心。

宋人把诗歌视为一种庄肃的文体，他们已经不习惯在诗中表述浪漫的恋情，也不善于用诗来营造唯美的文学氛围。但不是说宋人不喜爱这样的文学情调，他们只是选择了另外一片园地——词。诗成为大雅之堂，而词这种新兴的文体，则犹如后花园，可以呢喃轻语，述说私情。用李清照的话，谓之"诗庄词媚"。

从"诗余"到"词余"

　　古人一种习惯的说法，把词称为"诗余"，又进而把曲（主要指散曲）称为"词余"。"余"者余绪之谓，诗中说不尽的、不便说的，就拿到词中来说。这就隐隐包含着词的品味要低于诗一等的意思。那么曲呢，又要"等而下之"了。

　　其实，广义而言，词、曲也无非是诗。但二者既然各为一体，并且由附庸而蔚为大国，好之者甚众，作品繁多，精彩纷呈，就必然有其存在的特殊理由。如果要用最简单的话来说明词、曲的价值，那就是：因为诗有所不足，词构成了对它的扩展和补充；因为词有所不足，曲构成了对它的扩展和补充。总之，词、曲的兴起，是缘于广义上的诗歌自身发展变化的需要。和狭义的"诗"相比，词、曲与新诗的距离更近一些，这是可以引起注意的地方。

至于在古人一般的观念中，认为词、曲较为轻巧、浅俗，格调不如诗高雅，而有点小看它们，这种情形也是有的。但也正因如此，词、曲的写作更少拘束，更为自由，反而成为有利条件。况且，在词、曲的演变过程中，也有多样的风格出现；而对于喜好和擅长写作词、曲的诗人来说，更未必有轻视的意识。

词是怎样形成的

中国古代诗歌中很大一部分本来是配乐演唱的歌词，像《诗经》、汉魏六朝乐府等都是。这种文学形式会随着音乐的变化而变化。汉魏六朝主要的音乐系统称为"清商乐"，而到了隋、唐，形成一种新的音乐系统，称为"燕乐"，它是由西域流入的"胡乐"（尤其是龟兹乐）和原来的以"清商乐"为主的各种音乐相融合而产生的。"燕乐"至唐代大盛，其歌词起初叫作"曲子词"，后来简称为"词"。

唐代的曲子词在体制上本来没有严格的规定，不少文人诗歌（尤其七绝）被伶伎直接用来演唱。如《乐府诗集》所录《水调》的第七段，就是杜甫的七绝《赠花卿》。但以诗入曲必然也有不相合的，为了适应曲调格式，就需要做一定的变动处理，如破句、重叠等；据宋人沈括、朱熹等的解释，在唱这些齐言的歌词时，还需要加入"和声""泛声"，才能和长短不齐的曲拍相合。

与此同时，也有人一开始就按照曲拍的要求来写作歌词。近代在敦煌发现了一批唐代民间曲子词的抄本，其内容十分庞杂，作者可能包括了乐工、歌女以及无名文人。这部分歌词的句式大多是长短不齐的，但形式又较为松动，在字数、平仄、叶韵等方面似尚无严格规定。一般把这种曲子词视为词的原始形态。

词的形态完全稳定以后，是一种具有严密的格律形式、句式参差不齐的诗体（所以词又别称"长短句"）。每首词都有个词牌，它表明词写作时所依据的曲调乐谱，同时由此决定了一首词的文字格律：依乐章结构分遍（层次），依曲拍为句，依乐声高下用字。过去的乐府诗大抵是先有文字而后配乐，词却是依据乐谱来写定文字，所以作词又叫"填词"。到后来，词和音乐脱钩成为书面文学，词谱就只是文字的格律形式了。

我们知道词在文学史上的意义非常重要，人们常说"唐诗宋词"，把词视为宋代文学成就的主要代表。这当然不可能仅仅取决于词的音乐特征和句式上的变化，它在抒情表现上的某些特征更值得重视。

诗的发展历史很长，功能也复杂，词则具有更为单纯的抒情性。而且，在苏轼、辛弃疾那种所谓"豪放派"出现以前，词很少触及过于严肃、沉重、宏大的主题，它关注的主要是男女欢爱、相思别离、风花雪月之类。那些更具有个人性的、与日常生活更贴近的情感内容，在词中获得充分的表现。

诗的语言通常追求精练，常用浓缩和跳跃的笔法，所以很难在细节上展开。而词的表达更为浅显和委婉曲折，意脉的流动较为连贯，因而能够呈现更为细微的情感活动，也就更深入人心。像温庭筠

《更漏子》写"梧桐树，三更雨，不道离情正苦。一叶叶，一声声，空阶滴到明"，在传统诗歌中是不可能出现的。

词的长短句格式，也不能只看到它与音乐的关系。参差错落的节奏本来是由音乐旋律决定的，但同时，这样的形式也更适合上述抒情偏向的需要。

由于词的基本规则并不是一下子确立的，关于词的起源和成立一直存在争议。用一个简明的标准来判断，中唐时已有不少诗人（白居易、刘禹锡、张志和、韦应物、王建、戴叔伦等）自觉按曲谱作词，刘禹锡还在其《忆江南》词题下特地注明是"依《忆江南》曲拍为句"，可以说到这时词已正式成立为一体。但中唐文人写词都是偶一为之，古代第一位大量写作词的诗人是晚唐的温庭筠，他可以算是文人词的祖师爷。

花间尊前春江水

词在晚唐五代形成了第一个流行期。五代时南方的两个政权，即位于成都平原的蜀国和位于长江中下游的南唐，物产丰饶，受战乱影响较少，统治者又喜好风雅，遂成为词主要的流行地域。

主要选录晚唐与五代词作的《花间集》和《尊前集》，是现存最古老的词集（敦煌抄本除外）。"花"是暗喻，兼指歌妓和风流绮艳的娱乐场景，"尊"是指酒宴。这两个词集的名称已经清楚地说明了早期词作的基本特征：它是由歌妓在酒宴上演唱的歌词，其主题和语言风格，也自然受到这种娱乐性需求的限制。总之，词一开始就是一种软性的文学。

作为晚唐诗人，温庭筠被列在《花间集》的第一位，表明他正是所谓"花间词风"的开创者。温词喜欢描绘慵倦而寂寞的女子形象，如同美女图。比较出色的，则能够同时呈现女性的内心世界，如有一首《菩萨蛮》：

夜来皓月才当午，重帘悄悄无人语。深处麝烟长，卧时留薄妆。当年还自惜，往事那堪忆。花落月明残，锦衾知晓寒。

这是一个深夜不眠、似有所待，同时又在回忆往事而自惜当年的女子，她美丽的生命中发生过什么样的令人哀伤的故事，却没有明说。词中的细节写得很精致，因此它有一种在诗歌中少见的漂亮。

受温庭筠的影响，西蜀文人词大都偏于绵密浓艳，而韦庄则表现出另一种风格，就是以清朗而流畅的语言，在一个生动细节中写出人物活泼的内心活动，如《思帝乡》：

> 春日游，杏花吹满头。陌上谁家年少，足风流。妾拟将身嫁与，一生休。纵被无情弃，不能羞。

这里完全从女子的角度来写一个爱情的幻想，直率的表达，紧凑的节奏，恰好地体现了一份浓烈的情感。

南唐有三位大词家，地位都特别高：中主李璟、后主李煜和宰相冯延巳。

王国维《人间词话》说冯延巳的词"虽不失五代风格，而堂庑特大，开北宋一代风气"，这对理解冯氏很重要。怎么叫"堂庑特大"呢？试看一首《归自谣》：

寒山碧，江上何人吹玉笛？扁舟远送潇

湘客。芦花千里霜月白，伤行色，来朝便是

江山隔。

　　这是一幅江上送客图。山碧水清，芦花含霜，月
色皎洁，笛声悠扬，构成完美的意境。而词中的情绪，
又不限于别离的伤感，它给人以更多的联想。总之，
冯词的境界较为宽广，意蕴的层次较为丰富，开始
摆脱了五代词内涵过于浅露的毛病。北宋重要词人
晏殊、张先、欧阳修都曾受他的影响。

　　南唐后主李煜是五代最杰出的词家。他做过十
多年的皇帝，亡国后被押到汴京，过了二年多充满
羞辱的生活，最后被宋太宗毒杀。他没有多少政治
才能，却富于艺术才华，由国君而沦为降虏的辛酸
经历，使他对"人生愁恨"有了深刻的体验，造成其
词作与众不同的特色。

　　李煜早期大抵是写晚唐五代词惯常的主题，但
在语言艺术上，则已经表现出很高的才情。尤其是
他善于借用日常习见之物，在比喻、象征的关系上，
表现出新奇而又巧妙的想象力——这是天才型诗人的

特点。如《清平乐》结尾，"离恨恰如春草，更行更远还生"，用一望无际、随处而生的春草，比喻离恨的无穷无尽、铺展于遥遥相隔的每一寸路途，生动而新鲜，令人读之喜爱。

李煜的后期词作，虽然是一种特殊人生经验的产物，却又能摆脱狭窄的个人身世之感，使之转化为在人类生活意义上具有普遍性的哀伤。如著名的《虞美人》：

　　春花秋月何时了，往事知多少？小楼昨夜又东风，故国不堪回首月明中。
　　雕栏玉砌应犹在，只是朱颜改。问君能有几多愁？恰似一江春水向东流。

词中虽说到非寻常人家所能有的"雕栏玉砌"，但这里主要作为易改之"朱颜"的对照物。人生的美好光景那样脆薄易碎，不经意间就化成了幻影。春花秋月无穷循环，往事却不重现于同样春花秋月之下。人生是那样充满缺憾，所以说恨如流水，愁满春江。

李煜这一类词多是以清浅的语言直率地倾吐情怀，将人生的悲哀、痛悔充分地展示于文字中，令读者可以走近他的内心世界。他给词带来的变化远大于冯延巳。但由于李煜词具有特殊性，北宋词主要还是沿着冯氏的道路走下去的。

雅趣与俗调

北宋是词的高潮和全盛时代。论其原因，一方面是词作为新兴的体式，艺术上有很大的发展余地，另一方面是传统诗歌朝着雅正的和偏于理性化的方向发展，词可以在抒写日常生活情感方面填补它留下的空间。拿欧阳修做例子，作为北宋中期文坛的领袖人物，他的诗文都很端谨，词却写得相当放松，以至有人怀疑一些涉及"艳情"的词作，乃是别有用心者的冒名栽赃之物。

北宋词流行的场所，一方面是高级士大夫的酒宴，这和五代一样，而另一方面则是属于市井社会的歌院妓楼，这与宋代城市繁荣有关。这两种场所歌唱的词并不绝然相隔，但适应于不同的对象，风格自然有别。北宋前期大有名望的二位词家，一位是宰相晏殊，一位是长期混迹于市井的柳永。传说柳永曾拜访晏殊，晏殊问他："贤俊作曲子么？"他回答："只如相公亦作曲子。"晏殊不屑地说："殊虽作曲子，不曾道：'彩线慵拈伴伊坐。'"这故事生动地反映了两位词人间雅、俗的对立。

晏殊喜招宾客宴饮，例以歌乐相佐，主宾常作词让歌女演唱。他那里其实成了一个与填词有关的文艺沙龙。他的修养、地位和冯延巳相似，艺术趣味也相通。词中常渗透着一种满足的心态及雍容闲雅的气质，又常渗透着一种伤感（这或许与官场生活中难以明言的紧张性有关）。下面是著名的一首《浣溪沙》：

　　一曲新词酒一杯，去年天气旧亭台。夕阳西下几时回？无可奈何花落去，似曾相识燕归来。小园香径独徘徊。

没有任何事件发生，生活是正常的而且有一种安适的气息。天气和去年一样，亭台如旧，花依然落去，燕重又归来。但其实一切都不同了，每一天夕阳带走的时光都不再回来，生命也就在这安适而平淡的生活中渐渐流去。再如《踏莎行》的后半："翠叶藏莺，朱帘隔燕，炉香静逐游丝转。一场愁梦酒醒时，斜阳却照深深院。"这首也是写春暮的景色与情思，词中大部分内容是不动声色的景物描摹，到"炉香"一句，进入到一种极凝静的境界，世界的运动和变化缓慢到似乎停止的状态。而时光在静谧中不知不觉地流逝，结末二句以愁梦醒来斜阳满院的情景，表现主人公在一刹那间对时光流去的惊觉和无奈，呈露了深深的愁绪。

晏殊词气氛和缓、安静，语言在清淡自然中带几分华丽。他的长处尤在于以特别细腻的心理感受从某些司空见惯的景象中发掘深长的人生意味，其中包含着一些哲理性的因素，内涵丰富而微妙，其艺术境界是很难得的。他兼学者、诗人、高官三种身份，词的风格正体现着他对高雅趣味的理解和追求。

与晏殊相反，柳永是仕途上的失败者，晚年才中进士，最终也就做到屯田员外郎。他年轻时不遇，长期厮混于市井，与许多歌妓相熟，为她们同时也以她们为对象写作歌词。虽说写女性及男女之情在文人词中是习见的，柳永词却别有一种特色。一方面他写得非常坦露和大胆，像《菊花新》有"须臾放了残针线。脱罗裳，恣情无限。留取帐前灯，时时待、看伊娇面"这样肆无忌惮的生活场景的描摹。另一方面，他对歌妓的态度有一种市民化的平等而非士大夫的居高临下，因而写她们的情感往往真实而热烈。如被晏殊嘲笑过的《定风波》：

> 自春来，惨绿愁红，芳心是事可可。日上花梢、莺穿柳带，犹压香衾卧。暖酥消，腻云嚲，终日恹恹倦梳裹。无那！恨薄情一去，音书无个。　　早知恁么，悔当初、不把雕鞍锁。向鸡窗、只与蛮笺象管，拘束教吟课。镇相随，莫抛躲。针线闲拈伴伊坐，和我，免使年少，光阴虚过。

这首词写一位女子对情人的抱怨，其身份虽未说明，应亦是歌妓舞女一类人物。在柳永词中，她们的哀痛、梦想，对平常的世俗生活与诚挚爱情的渴望，是被关注的对象，她们并不是士大夫优雅生活中风流美丽的装饰。

柳永是文学史上较早出现的一个与市民社会关系密切、在作品中较多表现出城市中世俗生活气息文人。与此相关，柳词有意避免过多使用精雅的书面化的文辞，而多用民间化的"浅近卑俗"的语言（王灼《碧鸡漫志》），使读者容易产生亲切感。所以他的词在民间很受欢迎，以致有"凡有井水饮处，即能歌柳词"之说，但他因此也遭到许多指责。

豪放之风

很长时间中，由于词主要是让歌女唱来侑酒的，虽然它以重情和唯美的特色奠定了自身的价值，但范围过窄却不能不说是一病。到了苏轼，才带来重大的变化。

前人对苏轼词核心的评价是"以诗为词"，意思就是它打破了传统上诗与词的分界。在他的词中，自然风光、人生志趣、怀古感今以及咏物纪事，"无意不可入，无事不可言"（刘熙载《艺概》）。而在开拓了词的题材与情感内容的同时，他也因此改造了词的语言，开创了一种雄壮豪放、开阔高朗的艺术风格，由此在词史上形成了所谓的"豪放派"。

最能代表苏词豪放风格的作品是《念奴娇·赤壁怀古》：

> 大江东去，浪淘尽、千古风流人物。故垒西边，人道是、三国周郎赤壁。乱石穿空，惊涛拍岸，卷起千堆雪。江山如画，一时多少豪杰！　遥想公瑾当年，小乔初嫁了，雄姿英发。羽扇纶巾，谈笑间，樯橹灰飞烟灭。故国神游，多情应笑我，早生华发。人生如寄，一尊还酹江月。

词一开始就在上下几千年、绵亘数千里的宏大境界上展开，进而通过对历史上风流英雄的追慕，表达对壮丽人生的向往。最终虽有因现实压迫而引起的颓唐（之前不久苏轼因反对王安石变法而遭遇牢狱之灾），但全篇仍然洋溢着高傲自信、不甘沉沦的豪情。另一首同样著名的《水调歌头·明月几时有》，也是作于处境很不顺利时。词从"明月几时有？把酒问青天"开头，试图把个体生命放到永恒的时间中观照，从宏大的时空意识中寻求超越；由此转入"人有悲欢离合，月有阴晴圆缺"的对照，认识到人生的不完满是必然的；既然如此，不如放弃无益的梦想和自怨自艾，而爱惜生活中总会有的一些值得珍爱的东西，遂归于"但愿人长久，千里共婵娟"的祝愿。词中伤感与旷达相融，传达了富于哲理性的人生感受。这两首词中的意境宏阔无比，情绪呈现为大幅度的起伏，是词史上从来未见之物。

苏轼发掘了词这一体式在表现情感方面所具有的潜能，使之不再仅仅作为"艳科"而存在，为词家指出一条新路；同时，词开始不完全依附于音乐，它也可以成为一种提供诵读的书面文学。

但苏轼的豪放词风真正获得广泛的响应，却是要等到南宋。这是因为北宋的覆灭、中原的沦陷，给士大夫的内心带来巨大冲击。而词的长短句体式，较之诗更宜于表达动荡不安、慷慨激昂的情绪。从张元幹、张孝祥到陆游、辛弃疾、陈亮、刘过，直至南宋后期的刘克庄、刘辰翁等，都曾用词来抒写国家兴亡之感。其中最突出的当然是辛弃疾。

辛弃疾与一般文人不同，他不仅在北方投入反金义军时有过惊人的壮举，投奔南方后数度担任地方军政要职，表现出非凡的才能，而且他身上有一种浓郁的英雄豪杰之气，或者以正统眼光来看，他实是一个"枭雄"式的人物。但由于时势的限制，由于朝廷、官场的忌防，他更多的岁月却是在闲居中度过，终了是壮志成空。辛弃疾不喜欢写诗而把全部精力投入词的创作，正是因为这一体式更宜于表达激荡多变的情感。

谈到词的"豪放"风格，前人惯以"苏辛"并称。但苏轼词虽然境界开阔，基于老庄哲理的旷达，却使他的词中的感情通常是由冲动归于平静。而辛弃疾词则总是充满炽热的感情。"道男儿到死心如铁。看试手，补天裂"（《贺新郎》），"算平戎万里，功名本是，真儒事，公知否？"（《水龙吟·甲辰岁寿

韩南涧尚书》），这种勇毅和自信令人激动。而挫折
引起的心潮涌动也是有力的，像《八声甘州》借李广
自喻："汉开边、功名万里，甚当时、健者也曾闲！"
纵使失望到颓废，他也并不能把冲动的感情化为平
静。永远不能在平庸中度过人生的英雄本色，伴随
了辛弃疾的一生，也始终闪耀在他的词中。下录《水
龙吟·登建康赏心亭》，是辛弃疾南归的第十二年重
游当年南归的首站建康时所作：

　　　　楚天千里清秋，水随天去秋无际。遥岑
　　远目，献愁供恨，玉簪螺髻。落日楼头，断
　　鸿声里，江南游子。把吴钩看了，栏杆拍
　　遍，无人会，登临意。　　　休说鲈鱼堪脍，
　　尽西风、季鹰归未？求田问舍，怕应羞见，
　　刘郎才气。可惜流年，忧愁风雨，树犹如
　　此！倩何人唤取，红巾翠袖，揾英雄泪。

　　这是对山河破碎的悲哀，对壮志成空的悲哀；
怀着这样的悲哀看岁月无情地流去，令人更觉得触

目惊心。然而即使词人毫不掩饰地写他的人生失望，写他的痛苦和眼泪，也毫无柔弱之感，我们看到的是一个英雄绝不甘沉没的心灵。词的内涵之浑厚、精神之郁勃，堪称无与伦比。

继苏轼之后，辛弃疾开拓了词的更为广阔的天地。他将题材拓宽到几乎没有限制的程度，语言也更加自由解放，略无拘束，从浅俗的到优雅的，从民间俚语到夹杂许多虚词语助的文言句式，无施而不可。艺术风格更是多种多样，雄壮豪放固然是主调，婉媚细腻的也可以写得很出色。总之，词到辛弃疾，真正进入了自由的境界。

在宋词中还有竭力追求声律格调之严谨和语言之精致的一路，人们或称之为"格律派"，作者都具有专深的音乐素养。这一派人物中，北宋末的周邦彦和南宋中叶的姜夔，在词史上占有重要的地位。而到了南宋末年，重要词家如周密、张炎、王沂孙等人也是走这一路，他们的作品各有可观之处，但格局狭小，生气不足，令人感觉宋词已走向低落。

散曲的体式和特点

通常所谓"元曲",实际包含性质不同的两大分支:一是戏曲,一是散曲。前者是剧中人物所唱的歌曲,后者是广义的诗歌的一种。就音乐特点、格律形式来说,这二者是一致的,曲牌系统也完全相同。只是戏剧中的歌曲是整个戏剧结构的一部分,散曲则是独立的。

散曲又分为小令和套数两类。小令一般用单支曲子写成,也可以用两三支曲子组成一首,称为"带过曲";套数用同宫调的多支曲子组成较长的一篇。

散曲是一种娱乐性的歌曲,它的兴起与词的变化有关。如前所述,宋词的演变后来发生两个趋向,一是以苏辛为代表,逐渐脱离音乐而成为书面文学,一是以"格律派"为代表,在强调音乐元素的同时追求普通人难以掌握的精致与典雅。而共同的结果,是词不能再用为通俗性、大众性的歌谣。因此需要有新的东西来替代。

散曲被称为"词余",它也确实与词的形态最为接近。和词原来的情况一样,散曲依附于音乐而存在，每支曲都有表明其音乐类别的曲牌，而且不少曲牌直接源于唐宋词牌。从文字上说，则属于有固定格律的长短句形式。

但散曲和词又确有很多差别。从重要的方面来说，一是散曲的韵部完全按当时的北方口语划分，和诗词的韵部差别很大（最大的变化是取消了入声字），这表明散曲是一种更为生活化的东西。二是散曲可以在规定的曲谱之外添加衬字，字数从一字到十数字不等。所以散曲的写作享有更大的自由。三是散曲的语言更为通俗化，特别是早期散曲，常大量运用俗语和口语，包括"哎哟""咳呀"之类的语气词。

上述特点，使散曲成为更自由、轻灵的形式，更适宜于表达即兴的、活泼的情感。所谓"尖歌情意"（燕南芝庵《唱论》），即一种前所未有的尖新感、灵动感，构成了早期散曲的主要艺术特征。

散曲的风情

早期的散曲大多重本色，语言浅白而少修饰，情感的表现直率恣肆，不讲究雅致含蓄，生活气氛浓郁，读来感到亲切而有趣。有一首无名氏的《塞鸿秋·村夫饮》，描绘了乡间放纵豪饮的场面：

> 宾也醉主也醉仆也醉，唱一会舞一会笑一会，管甚么三十岁五十岁八十岁。你也跪他也跪怎也跪，无甚繁弦急管催，吃到红轮日西坠，打的那盘也碎碟也碎碗也碎。

这好像在记述风俗，其实是通过醉酒景象赞美自由无羁的人生，骨子里有李白诗的趣味。只是借农人的面貌出现，其粗豪旷放更显得天然。

伟大的戏曲家关汉卿也是一位优秀的散曲作者，他的作品总是活泼、豪爽而诙谐。他写男女情爱，善于在短小的情节中把人物情态写得活灵活现，如《一半儿·题情》：

> 碧纱窗外静无人，跪在床前忙要亲。骂了个负心回转身。虽是我话儿嗔，一半儿推

辞一半儿肯。

元代一度废除科举，因此产生了一群像关汉卿这样依托市民社会谋生的文人，比起宋代的柳永来，这群人更远离传统士大夫的人生轨道。他们以坦然的态度看待世俗生活，赞美世俗享乐，这种态度为古典文学的拓展提供了活力。如关汉卿在《南吕一枝花·不伏老》套数自述人生情怀，把浪子的风流生涯描写得一派大义凛然，它的真正意义是倾诉了在摆脱对政治权力和传统价值观的依附之后，一个热爱自由而又能以自己的才华保障这种自由的人所感受到的快乐。

同时还有在仕途中奔波的文人类群，他们喜欢把隐士式的洒脱生活作为理想的人生境界来描绘，这和士大夫阶层的传统情趣是一致的。但表现于散曲，语言的风格明显要质朴一些。如卢挚《沉醉东风·闲居》中写道："共几个田舍翁，说几句庄稼话。瓦盆边浊酒生涯，醉里乾坤大，任他高柳清风睡煞。"

散曲也常被用来描绘优美的自然意境，在这种场合，语言会比较雅致。但散曲很少使用特殊的修辞手段，它在表现巧妙的构思时，仍然追求浑然天成的语言风格，这和诗词还是有所不同。《天净沙》是早期散曲最常用于写景的曲牌，下面两首，一是白朴的《天净沙·冬》，一是马致远的《天净沙·秋思》：

　　一声画角谯门，半庭新月黄昏。雪里山前水滨。竹篱茅舍，淡烟衰草孤村。

　　枯藤老树昏鸦，小桥流水人家。古道西风瘦马。夕阳西下，断肠人在天涯。

　　两者的共同特点，是直接将若干意象呈现在读者面前，而不对这些意象之间的关系做任何说明。但由于意象都经过精心选择，每一句中的意象群彼此间带有天然的亲和性，就自然而然构成了有机的画面。
　　元代后期的散曲有一种向词的风格接近的趋势，乔吉、张可久是其代表。他们虽也兼用俚语，却加以精心锤炼，这使散曲与市井文艺的趣味有所脱离。下录张氏的《普天乐·暮春即事》：

老梅边，孤山下。晴桥螮蝀，小舫琵琶。春残杜宇声，香冷荼蘼架。淡抹浓妆山如画，酒旗儿三两人家。斜阳落霞，娇云嫩水，剩柳残花。

这是张可久众多写西湖风光的作品之一。对景物的描写非常注意画面感，用语工丽。只是比传统的文人词仍显得灵动活跃，在这方面尚保持着散曲的特征。

散曲中的套数篇幅较大，有时也用来叙事，甚至形成短剧的情节。睢景臣的《般涉调哨遍·高祖还乡》就是一例。它通过一个乡民的眼光，以谐谑的笔调，将汉高祖“威加海内兮归故乡”的场面写得滑稽可笑。其中隐含了一种颇有深意的思考：同一事物用不同的方法来描述，结果是完全不一样的。譬如，在乡民的眼光里，皇帝的仪仗原来是“红漆了叉，银铮了斧，甜瓜苦瓜黄金镀"，"一面旗鸡学舞，一面旗狗生双翅"，一堆乱七八糟。这看起来是因为乡民的无识，人们却会由此想到：许多神圣与庄严的事物，本来不过是故弄玄虚而已。

诗词在宋以后、散曲在元以后，仍然有很多的发展变化，出现了众多名家，本书限于篇幅，不再一一述及。

第二章 —— 锦绣文章

"文章"一词在古汉语中原来有多种含意。起初的意思，是指有规则而美丽的花纹、图案，屈原《橘颂》"青黄杂糅，文章烂兮"，是从小处说；李白《春日宴桃李园序》"大块假我以文章"，是从大处说。进而又指使社会有序的礼法，如《诗经·大雅》中《荡》一篇的序："厉王无道，天下荡荡，无纲纪文章。"之后用来指讲究文采的文字作品，包括诗、赋、文。再后才成为现在通用的意义。总而言之，在古人的意识中，"文章"表现了天地自然和人类社会的完美秩序，作为文字作品的"文章"，在理想意义上和前者本质上是一致的。

史家之文

　　敬重历史，是中国文化一种强烈的特色。在世界各民族中，唯有中国拥有二千多年延续不断的历史记录，这是值得骄傲的事情。

　　读史，可以知往事，慎当前。对于因大权在握而容易变得狂妄的统治者来说，可能被"上书"，多少让他们有所忌讳。而对于一般人而言，"名垂青史"代表着最高的荣耀，"遗臭万年"则代表着永世的羞辱。

　　因此中国最早的文章出于史官笔下。而后，不一定具有史官身份而喜好历史撰述的人也加入进来，人们泛谓之"史家"。

甲骨、钟鼎、典册

清末民初在河南安阳发现的殷商甲骨文是现在可以看到的最为古老的历史文献。这些甲骨（多为龟腹甲和牛肩胛骨）原来是用来占卜的，完后将占卜的内容刻在上面，作为官方档案收藏起来。甲骨文的内容很简单，如《卜辞通纂》所录的一条是："帝令雨足年？帝令雨弗足年？"意思是问老天爷会不会下雨使得年成好？《铁云藏龟拾遗》所录的一条是："王梦口死大虎，唯祸？"意思是："王梦见死去的大老虎，会有祸害吗？"这当然还算不上"文章"，但汉语文字和句式的一些重要特点，在这里已经形成。

商、周两代还遗有铸于青铜器（钟、鼎、盘之类）上的铭文，称为"金文"。商代铭文字比较简短，周代出现了许多长篇铭文，最长的毛公鼎铭文达497字。由于不少器物是大臣领受王命、封赏后专门制造、作为家族的荣耀留传后世的，其铭文往往记载了重大史事。如周公东征之事见于方鼎，西周康王时的小盂鼎铭文载王命盂伐鬼方，周师与鬼方交战两次，多有斩获，等等。著名的毛公鼎内容为周宣王为中兴周室，革除积弊，策命重臣毛公，要他忠心辅佐周王，以免遭丧国之祸，并赐给他大量物品，毛公为感谢周王，特铸鼎记其事。全文分五节，每节均以"王若曰"或"王曰"领起，各说一层意思，已经形成了文章体制。其文字风格与《尚书》有些篇章十分近似，这足以说明至迟在西周，已经形成一定的文体范式。

甲骨与钟鼎历千年而不朽，弥足珍贵。但那终究是特殊载体，更多的文献，只能通过其他途径记载和流传。《尚书·多士》中说到"惟殷先人，有典有册"，这"典"和"册"都是指书于竹简的文书（"册"的原始字形为用绳编成串的竹简，"典"则是双手捧册之状）。而《尚书》中各篇，原本也应该是典册形态。只是这类文献经过反复传抄，留至今日，难免有许多讹误，甚至真伪混杂。

《尚书》意为"上古之书"，是中国上古历史文件和部分追述古代事迹作品的汇编。儒家尊之为经典，故又称《书经》。据说原有一百篇，秦焚书后，汉初实存二十八篇。后来又有新的发现，但存在真伪的争辩，此处不详述。

　　现存《尚书》中最古老的当属《盘庚》篇（另有据说是尧、舜时代的文献，大抵不可信），是殷王盘庚迁都时对臣民的演讲记录，语辞古奥，但有些地方还是可以感受到盘庚讲话时的感情和尖锐的谈锋。其中一些譬喻很生动，如"若网在纲，有条而不紊；若农服田力穑，乃亦有秋"，意思说：就像把网结在纲上，才能有条不紊；就像农人努力耕作，才会有收成。这是告诫臣子们不要自作主张和懈惰；又如"若火之燎于原，不可向迩，其犹可扑灭？"这是告诫他们不要煽动民心反对迁都，说那样便会弄得不可收拾。从这些譬喻中产生的成语，至今还在使用。

　　《尚书》中从商代到西周的文献都是艰涩而拗口的，而产生年代较晚的文献就有了变化。如春秋前期的《秦誓》，是秦穆公伐晋失败后的悔过自责之词，其中一节这样写道：

　　　　古人有言曰："民讫自若是多盘。"责人斯无难，惟受责俾如流，是惟艰哉！我心之忧，日月逾迈，若弗云来！

他引用古人的话指出，如果自以为是，必将做出许多邪僻的事，又十分痛心地说明责备别人容易，从谏如流则十分艰难，再说到时光一去不返，深恐没有机会改正错误了。文字虽有些跳脱，但意思已经比较清晰，能够传神，显示出书面语逐渐成熟的轨迹。

《春秋》经传

《春秋》是鲁国的一部编年体史书，记载了二百四十二年间的大事。它是纲目式的记载，文句极简短，几乎没有描写的成分。今传《春秋》经过孔子的修订，据说他在史实的记述中寓有"微言大义"，所以也成为儒家重要的经典。

古代解释"经"的书称为"传"。《春秋》有三传，《公羊传》《谷梁传》以阐释经义为中心，《左氏传》（简称《左传》）则重在纪事；《春秋》仅有大纲，如同报纸新闻的标题，《左传》则详细记述了事件的过程。但现代有些研究者认为它本来是一部独立撰写的史书，是后人将它与《春秋》相配合的。

　　《左传》是中国现存的第一部大规模的叙事性作品。从前的记事文都只有对单一事件的简单记述，而到了《左传》中，许多头绪纷杂、变化多端的历史大事件，都能处理得有条不紊，繁而不乱。最为突出的例子是关于春秋时代著名的五大战役的记载。作者善于将每一战役都放在大国争霸的背景下展开，对于战争的远因近因，各国关系的组合变化，战前策划，交锋过程，战争影响，以简练而不乏文采的文笔一一交代清楚。这种叙事能力的发展，无论从史学还是从文学着眼，都具有极重要的意义。

　　《左传》值得注意的地方，还在于它在记叙历史事件、阐发历史教训的同时，常常注意到故事的生动有趣，有时并且能以较为细致生动的情节，大致描绘出人物的形象。

　　从史学意义来说，在重大历史事件发生的过程中，细节总是被忽视，也不大可能被如实地记载下来。只有当历史事件被当作故事来演述的时候，才会被添加上细节而变得生动。因此我们可以推想：《左传》作者所依据的材料除了史官记录，也有不少原来就是以各种方式流传着的历史故事；在写作过程中，作者也有可能根据自己对历史的悬想、揣摩做了进一步的添加。换言之，《左传》相当一部分内容，是在书面语言日渐发达的条件下将口传历史故事书面化的结果。而故事的趣味，不仅在于满足人们的搜奇心理，更重要的是通过他人的遭遇来理解社会与人生。

《左传》中关于晋公子重耳流亡经历的记述，是很好的例子。重耳即晋文公，是春秋时代身份显赫的政治人物。《左传》记述他因晋国内乱而流亡十九年、最终在秦穆公帮助下重返故国的过程，不仅涉及重大史实，而且颇有"历险记"故事的趣味。有些细节，像经过卫国时向乡下人乞食，对方给他一块土疙瘩；在齐国时贪恋安乐，被夫人姜氏与手下合谋灌醉，强行带走；经过曹国时曹共公偷看他洗澡；在秦国时耍派头得罪了夫人怀嬴而自囚请罪，等等，都颇有戏剧性。在这些故事情节中，还可以看到重耳的性格从高傲任性到自我克制的变化。高贵人物蒙难、历险、重返权位，是世界文学中最常见的母题之一，重耳流亡的故事是可以从这一意义来理解的。

在整个中国文学史上，小说与戏剧的成熟比较迟，与此有关的文学因素，借了历史著作的母胎孕育了很久才分离出来。而《左传》正是第一部包含着丰富的这一类文学因素的历史著作，它直接影响了《战国策》《史记》的写作风格，形成文史结合的传统。

和《左传》撰写时代相近、涉及历史背景有较多重合的《国语》，也被称为"《春秋》外传"。此书以国立目，材料比较零散，大抵也是混合了正式的档案文献和口传故事的产物。有些内容也很精彩。如《吴语》和《越语》，以吴越争霸和勾践报仇雪耻之事为中心，写得波澜起伏。

纵横家的身影

战国是一个激烈的大兼并时代，国与国之间以势力相争，以智谋相夺，不断地发生组合与分化。这种特殊环境导致对各种人才的迫切需求，也为他们提供了广大的舞台。所谓"纵横家",就是一群凭借自己的才智奔走于列国,为君主效力同时也为自己谋富贵的人,他们的主要工作是出谋划策,所以又被称为"策士"。

从战国一直到汉初,出现过大量记述策士言行的著作。西汉后期的刘向将中央政府所收藏的多种这类性质的书汇编成一部,题名为"战国策"。共三十三篇,按国别编排。《左传》《国语》虽然也有一部分故事性的内容,但那都是附着于史实的;而《战国策》虽然保存了不少重要的战国史料,却也有许多记载明显违背基本史实。所以总的来看,它其实是历史故事与传说的汇编,追求所谓"故事趣味"对这部书的形成起着决定性的作用。

《战国策》因为来源比较杂,各篇的思想和价值取向不能统一。但它还是有一个突出的中心或者说重点,就是赞美策士的才智、志趣和他们在历史上的作用。如《燕策·荆轲刺秦王》写荆轲出发前,众人"白衣素冠"(知其必死,故着丧服)于易水边送别,荆轲在席上高歌"风萧萧兮易水寒,壮士一去兮不复还",气氛悲壮,令人感动。这里固然有赞美舍生取义的意思，但更重要的是张扬勇士孤身蹈险的气概。而《秦策》记苏秦始以连横之策劝说秦王并吞天下，后又以合纵之说劝赵王联合六国抗秦，又似乎对道义原则看得很淡薄，但作者格外关注的，却是才智之士不顾一切追求成功的努力。文章最后写苏秦的感慨："嗟夫，贫穷则父母不子，富贵则亲戚畏惧。人生世上，势位富贵，盖可忽乎哉！"这当然不够高雅，但在重势利的世道中，唯有获取权位才能得到尊重，却是根本的真实。

历史是各种力量交互作用的结果，个体在其中实在很渺小。但人的意志和欲望是无限的，每个人的内心在根本上都不甘于自己的渺小。《战国策》不嫌夸张地赞美策士在历史上的作用，说到底就是为了满足人们的这一心理需要。

由于《战国策》的性质其实就是历史故事，所以它的情节展开更加曲折细致，人物形象也更加生动活泼，这比起《左传》《国语》简笔的勾勒，在文学意义上有很大进步。如《齐策》写冯谖，先是三次弹铗而歌，对自己的待遇表示不满，之后展开"冯谖署记""矫命焚券""市义复命""复谋相位""请立宗庙"等一系列波澜起伏的情节，描绘出他的胆识谋略，"奇士"风采，跃然纸上。由于《战国策》的故事常有明显的虚构痕迹，在此情况下再追求人物描写的细致生动，便不时会透出几分小说的气息。

《左传》《国语》的语言比较简略，常有因过度省略而造成的语气不连贯的现象。《战国策》则有了相当大的变化。它明快而流畅，纵恣多变，无论叙事还是说理，都更能委曲尽情。进一步说，《战国策》还普遍使用积极的修辞手段来打动人心。最突出的就是通过铺排和夸张的手法，造成酣畅淋漓的气势。在这里，语言直接作用于感情，而不仅是从理智上说明事实和道理的工具。这种重视文采的特征，对古代文章的发展起了很大作用。

《战国策》再有一个特点，是所记的策士说辞，常常引用生动的寓言故事，这也是以文学手段帮助说理。这些寓言往往形象鲜明而寓意深刻，也是中国文学宝库中的明珠。诸如"鹬蚌相争，渔翁得利""画蛇添足""狐假虎威""亡羊补牢""南辕北辙"等，历来家喻户晓。

史家之绝唱

　　司马迁在汉武帝时代完成的《史记》是一部伟大的著作，鲁迅赞为"史家之绝唱，无韵之《离骚》"。

　　司马迁出身于世代相传的史官家族，他和父亲司马谈相继担任太史令。因此，我们可以把《史记》看成古老的史官文化的结晶。同时，司马迁又是一位具有独立品格的思想家，他撰著《史记》不仅并非秉承帝王的意志，而且对最高统治阶层展开了尖锐的批判。因此，我们可以认为《史记》继承了先秦诸子（尤其儒家和道家）的精神。再者，《史记》是在司马迁由于为李陵辩护而触及汉武帝任人唯亲的毛病，遭受到远比死刑更为痛苦和耻辱的"腐刑"之后完成的。完成这样一部伟大的著作，既是一位知识者反抗君主的淫威和残酷的命运的可能方式，也是将悲愤与激情投注于历史并借此感悟人生的过程。这些重大的因素，构成了《史记》不凡的品格。

　　《史记》是古代第一部通史，又是到那时为止规模最大的一部著作（五十二万余字）。其记事范围上起当时人视为历史开端的黄帝，下迄司马迁写作本书的汉武帝太初年间，空间则包括整个汉王朝版图及其四周作者能够了解的所有地域。它实际上就是司马迁意识中通贯古往今来的人类史、世界史。司马迁本人在《报任安书》中说他的目标是"究天人之际，通古今之变，成一家之言"。这既意味着以宏大的眼界全面地总结历史，也意味着以个人的思考深刻地理解历史。

《史记》以本纪、世家、列传、书、表五种体例构成，前三类中大部分或属于传记性质或以人物活动为主要内容。由司马迁开创的这种被称为"纪传体"史学体裁，第一次以人为本位来记载历史。而过去的历史著作都是以时间、地域、事件为本位的，人的主体地位未能被充分地意识到和表现出来。显然，司马迁更多地关注人在历史中如何生存、人的命运被什么力量所决定这些问题。而且他也认为，史家的责任就是要让那些"扶义俶傥，不令己失于时，立功名于天下"的杰出人物得以垂名后世。这既包括成功者，也包括失败的英雄，有时他甚至对后者抱有更多的热情。

描述历史人物的事迹，在一定程度上也成了他和这些人物的对话。例如，司马迁在受刑之后是"隐忍苟活"的，正是因此，《史记》中一再以浓重的笔墨写到壮丽的死亡：项羽在可以逃脱的机会中，因无颜见江东父老，拔剑向颈；李广并无必死之罪，只因不愿以久经征战的余生受辱于刀笔吏，横刀自刎；屈原为了崇高的理想抱石沉江……这种悲剧场面不仅表现了崇高的人对命运的强烈的抗争，写作本身也成了司马迁自己对死亡的心理体验。

独立而具有一定批判力量的思考使司马迁意识到历史的复杂性。《史记》所记述的人物，虽以上层政治人物为主，但也涉及更广泛的社会范围，包括一部分社会中下层人物和非政治性人物。在帝王、卿相之外，文学家、思想家、刺客、游侠、商人、戏子、医师、男宠、卜者等等，也各各显示出人类生活的不同侧面，多少呈现了社会的复杂组合。

《史记》以大量的个人传记组合成一部宏伟的历史。其中着力刻画的人物，个性特征都很鲜明，如项羽、刘邦、张良、韩信、李广、李斯、屈原、荆轲等等，都能够给人留下深刻印象。人们常常可以强烈地感受到他们面目活现，神情毕露，这是因为司马迁在写作人物传记时，使用了文学的叙事方法。

作为历史著作，《史记》在记载重要历史人物的事迹时，不能避免某些必要的交代，但传记的核心部分，通常是一系列经过精心选择并精心描绘出来的具体生动的事件，有些并具有很强的故事性。如《项羽本纪》中从诛宋义、救巨鹿、鸿门宴直到垓下之围、乌江自刎，均非平淡的叙述。

文学叙事的一个重要特点，就是要构造鲜活的场景，令读者获得如临其境的真实感。像著名的"鸿门宴"故事，简直是一场高潮迭起、扣人心弦的独幕剧。人物的出场、退场，神情、动作、对话，乃至座位的朝向，都交代得一清二楚。尖锐而紧张的矛盾冲突贯穿了事件的全过程，人物彼此对照，性格愈显鲜明。在不算很长的篇章中，我们可以那样清楚地看到刘邦的圆滑柔韧，张良的机智沉着，项羽的坦直粗率，樊哙的忠诚勇猛，项伯的老实迂腐，范增的果断急躁。

《史记》以"实录"著称，这是指司马迁具有严肃的史学态度，但他的笔下那些栩栩如生的故事，不可能完全是真实的。为了再现历史的"现场"和人物的活动，必然要在细节方面进行虚构。如《李斯列传》一开始就是这样一段：

> （李斯）年少时为郡小吏，见吏舍厕中鼠食不洁，近人犬，数惊恐之。斯入仓，观仓中鼠食积粟，居大庑之下，不见人犬之忧。于是李斯乃叹曰："人之贤不肖，譬如鼠矣，在所自处耳！"乃从荀卿学帝王之术。

从史学角度来看，这种细琐小事是毫无价值的；从逻辑上推断，其真实性也十分可疑。然而作为文学性的传记，这种细节却是展现人物性格及其内心世界的重要手段。《史记》中用许多这样的细节描写塑造人物形象，避免了抽象的人物评述。

司马迁在记述人物事迹时，常常渗透着对人性的思考。譬如他常常特意表现人物命运的巨大变化：刘邦微贱时游手好闲，父亲不喜欢他，做了皇帝之后刘邦还不肯忘记把他父亲嘲弄了一番；李广免职时受到霸陵尉的轻蔑，复职后他就借故杀了霸陵尉；韩安国得罪下狱，小小狱卒对他作威作福，他东山再起后，特地把狱卒召来，旧事重提……这些命运变化和恩怨相报的故事，将人物的性格、人性中的某些根深蒂固的东西暴露得尤为充分。

《史记》善于把叙事与描绘人物形象紧密结合的特点，对中国古代小说造成了深刻的影响。虽然小说的性质与史传不同，但在两者仍有很大的共同基础。从唐传奇开始，文人创作的小说多以"传"为名，以人物生平始终为脉络，大体按时间顺序展开情节，这一切重要特征，主要是渊源于《史记》的。

此外，《史记》所写的虽然是历史上的实有人物，但是由于司马迁喜欢突出人物的某种主要性格特征，使得一部分人物形象具有类型化的意味，从而有可能为后世的虚构性文学创作提供原型。

《史记》的语言也历来受到推崇。司马迁极少运用当时文人惯用的铺张排比手法，淳朴简洁、疏宕从容、流畅而富于变化，是《史记》基本的散文风格；因为司马迁在叙述中始终是注入情感的，他的文字很自然地形成了与情绪相适应的节奏感。在写人物对话时，《史记》常使用日常生活中的口语，也增加了语言的生气。至中唐韩愈等人倡导古文运动起，直到明、清的古文家，多将《史记》推崇为与骈文相对的"古文"的典范。

古代经常把班固的《汉书》与《史记》并称"史、汉"。从叙事文学来看，《汉书》虽逊于《史记》，但仍有不少出色的部分。一般说来，班固的笔下不像司马迁那样时时渗透情感，但通过具体事实、人物言行的描写，却也常常能够显示出人物的精神面貌。最为人传诵的是《李广苏建传》中的李陵和苏武的传记。这两篇感情色彩较浓，其感人之深，可与《史记》的名篇媲美。写苏武拒绝匈奴诱降，受尽迫害犹不可屈的情景，凛然有生气；写李陵以五千兵力敌匈奴八万大军，转战至汉边塞百余里处仍无援军，在绝境中被迫投降，直至因全家被杀，欲归而不能，整个过程和李陵这一悲剧人物的复杂心情都表现得相当深细，可以看出作者对他是有同情心的。苏武传中写两人告别，李陵慕苏武荣归，而自身还乡无路，舞而歌，歌而泣，情景颇为动人。

后代的历史著作仍然在不同程度上继承了文史结合的传统。但一方面文学本身走向独立和繁荣，另一方面文与史的区分意识也越来越明显，所以史书在文学史上的意义就不如前期那么重要了。

诸子时代

春秋战国百家争鸣，是思想史上的辉煌时代，也是散文发展极为重要的阶段。诸子百家，各持一说，文章首先是为了说理，用于争辩。但怎么能够使人信服，也需要文采，要有打动人心的力量。因此就有文章从简约到繁复、从零散到严整的演进。

格言和语录

留传到后世的诸子书，以《老子》和《论语》最古老。前者是道家的元典，后者是儒家的要籍。而儒、道两家，又正是中国传统文化的核心。

依《史记》所载，老子姓李名耳字聃，是"周守藏室之史"——东周王室的档案与图书馆负责人。孔子曾经特意向他请教关于"礼"的问题，结果被他教训了一顿。

《老子》书是一部以宇宙本体论贯穿政治、社会及个人修养的哲理性著作。全书仅五千余字，都是一些简短精赅的格言，讲一些玄妙的、令人深思的道理。文字基本上都是押韵的，但本意只是为了便于记诵。如三十六章云："将欲翕之，必固张之；将欲弱之，必固强之；将欲废之，必固兴之；将欲取之，必固与之——是谓'微明'。"

《老子》中的格言，有些也见于《左传》所记时代早于老子的人物的言论。推想起来，《老子》的部分内容本来可能是口头传诵的，在春秋时代经过整理而转化为书面文献。

《论语》记载了孔子及其弟子的言论，是语录的汇编。依照《汉书·艺文志》所说，是孔子死了以后，门人相聚，将各人所记得的老师说过的话经过讨论而纂集起来的，"故谓之《论语》"。

《论语》中也有很多格言式的短语，像"学而不思则罔，思而不学则殆"，"岁寒，然后知松柏之后凋也"。但孔子当初跟学生谈话的时候，不可能只说这么一句就戛然而止。它可能是一个话题，也可能是一段谈话的总结。由此来看，《论语》还部分地保存着将思想格言化以便记忆的特点。

弟子们所记下的和能够回忆起来的孔门师弟的言谈一定很多，哪些值得编纂到《论语》中去呢？那些最能代表孔子思想学说的固然不可缺少，还有一些曾经使大家感动的或特别有意思的也容易被想起吧？后者因其感情和趣味而呈现出一定的文学色彩。如"子曰：饭疏食饮水，曲肱而枕之，乐亦在其中矣"，写出孔丘的一种颇有诗意的人生态度。

在《先进》章中有较长的一节，写孔丘与子路、曾皙、冉有、公西华在一起，令诸人各言其志。子路冒冒失失，抢先作答，说了一通大话；冉有、公西华以谦虚的语言表述了自己的志向；而后是曾皙：

鼓瑟希，铿尔，舍瑟而作，对曰："异乎三子之撰。"子曰："何伤乎？亦各言其志也。"

曰:"暮春者,春服既成,冠者五六人,童子六七人,浴乎沂,风乎舞雩,咏而归。"夫子喟然叹曰:"吾与点也!"

整个这一节,有简单的情节,又有场景的描写,各人的语气体现出性格的不同,而曾皙的回答特别具有美感,其实应该算是一篇短文了。"论纂"时写定这段文字的人,应该会认识到它的特别。

从语录到文章

到了战国中期,儒门出了一位新的大师——孟子,名轲。著有《孟子》七篇。这书虽也被归属于语录体,但与《论语》实有根本不同。首先是孟子本人直接参与了撰写,因而能够在书中系统地表述自己的思想与情感;它虽然保留了对话记录的格式,但其实是经过仔细处理的,而且很多段落都围绕着一定的中心逐层展开,已经有了文章的格局。

孟子不像孔子那样深沉庄重,他自傲自负,有英锐之气，与人言辞交锋，必欲争胜。他的文章不仅仅着力从逻辑上说明道理，而且常表现出强烈的感情色彩。其行文绝不作吞吞吐吐之态，文字通俗流畅，无生硬语，又喜欢使用层层叠叠的排比句式，这样就形成了《孟子》散文的一个显著特点，即富有气势。如长河大浪，磅礴而来，咄咄逼人：

说大人，则藐之，勿视其巍巍然。堂高数仞，榱题数尺，我得志，弗为也；食前方丈，侍妾数百人，我得志，弗为也；般乐饮酒，驱骋田猎，后车千乘，我得志，弗为也。在彼者，皆我所不为也，在我者，皆古之制也，吾何畏彼哉？《孟子·尽心（上）》

战国文章多用寓言故事帮助说理，孟子有其特别的精彩。如《齐人有一妻一妾者》，说一男子乞食于外，归则自称结交富贵，饱餍酒肉。一日妻妾得知真情，相泣于中庭，"而良人未之知也，施施从外来，骄其妻妾"。孟子以这故事讽刺士人为求富贵利达而丧失尊严，心不能自省，反而以耻为荣。对士的从政可能的堕落，这是严厉的提醒。故事本身也写得很妙，尤其是结尾处，一个被揭示了猥琐品格的人物仍以庄严自足的面貌出现，有强烈的滑稽效果。从中也可以看出作者机智而尖锐的性格。

《孟子》虽是说理的文章，却有鲜明的爱憎、充沛的情感。它将感性与理性结合，对读者既要说服也要打动。这种风格对后世散文的影响十分深远。唐代韩愈就是明显的例子。

谬悠之言

和孟轲同时代的庄周，是一个颇为奇怪的人物。他做过卑微的漆园吏，大概时间也不长。《史记》中说，楚威王曾派人以厚礼聘他做宰相，却被他拒绝了，说做官会戕害人的自然本性，不如在贫贱中自得其乐。他的日子过得很糟糕，住在穷闾陋巷，困窘时打麻鞋为生，弄得面黄肌瘦，但他却总是想着"无限"和"永恒"。

站在这种立场来看现实世界，一切都难免荒诞而滑稽：人在有限时空获取知识，本来不过是"坐井观天"，却以为这就是一切；人因为利益立场的对立而形成是非，却各执己见，争论不休；人在世俗的荣耀中失去了精神的自主，却乐此不疲。他想告诉人们一些透彻的道理：生命根源于作为宇宙本体的"道"，却陷失于虚假而扭曲的现世规则，唯有在精神上返归大道，才能获得绝对自由，达成生命的完美境界。但世上的人沉迷已久，愚昧已深，只能同他们说些荒唐虚渺的话，说些寓言故事——于是有《庄子》一书。里面文章有庄子本人的，也有他的徒子徒孙的，难以细辨。在先秦诸子散文中，《庄子》文学性最强、文学成就也最高。

庄子兼有哲学家的思维和诗人气质，他的门徒也相似。他们所考虑的是生命究竟有何意义、完美的人生是否可能的问题，当人怀着实际的生存感受和激情来发出这一类追问时，诗意与哲理已经是不可能分开的了。像《至乐》篇说庄子于路途中见一空骷髅，拿着马鞭敲击它问了一连串问题：你是怎么死的呢？贪生失理？国破家亡？冻饿而毙？羞愧自杀？还是年命已尽？虽然这是为了引出论说，却蕴含这样的伤感：人不仅终将死亡，而且更多的是在生存的失败中死亡——人生何以是如此的呢？而《齐物论》在发表了一通精妙的高论之后，忽然以这样一节结束：

> 昔者庄周梦为胡蝶，栩栩然胡蝶也，自喻适志与！不知周也。俄然觉，则蘧蘧然周也。不知周之梦为胡蝶与，胡蝶之梦为周与？周与胡蝶，则必有分矣。此之谓物化。

在这著名的"庄生梦蝶"故事中，也是包含了对人生的迷茫和伤感。也许，在永恒和无限的背景上看人生，它容易溶化在虚无中。

《庄子》极富于艺术想象力。同常见的以寓言故事为说理的例证有所不同，《庄子》的许多篇章，如《逍遥游》《人间世》《德充符》《秋水》，几乎都是用一连串的寓言、神话、虚构的人物故事连缀而成。这与庄子主张"言不尽意"的理论意识有关，同时庄子他们也需要在宏大壮丽、迷离荒诞的幻想空间中展开精神的自由飞翔，体现对人生的思考，描绘理想的境界。像《逍遥游》的宗旨，是说人的精神摆脱一切世俗羁绊，化同大道、游于无穷的至大快乐。所以文章开头，即写"不知其几千里"的海中巨鱼鲲化为大鹏，直上云天，飘翔万里，令人读之神思飞扬。而后以蝉和小雀之类对大鹏的嘲笑、它们对"抢榆枋而止"的渺小飞跃的满足之状，构成两者的对照。阐明何为"小大之辩"。同样的道理，在《秋水》篇中则以黄河神河伯"望洋兴叹"的故事来引出。庄子他们实在是奇特的天才，文章中幻想的故事与景象千汇万状，无奇不有，充满了诡奇多变的色彩。

《庄子》的文章结构不求严密，常常突兀而来，任意跳荡起落，汪洋恣肆，变化无端。它的句式也富于变化，或顺或倒，或长或短，显得很自由；它的词汇异常丰富，足以细致描写，传情达意；文章又常常不规则地押韵，任意洒落与韵律节奏形成配合。

《庄子》的思想以超越凡俗、实现精神自由为中心，它的文章风格也同样给人以自由奔放、洒脱无羁的美感。如此富于想象力和创造性的表达，在中国思想史与文学史上都是重大的存在。

荀况是先秦儒家的最后一位大师,著有《荀子》;他的学生韩非思想上却是法家的代表,著有《韩非子》。这两位的文章都重视实用性,以结构谨严、论断缜密而言,都超过了前人。

韩非子的文章曾经受到秦始皇的赞赏。他喜欢把道理说得很透,一层一层地铺展,所以篇幅大多很长(如《五蠹》约有七千字);因为他的思想尖锐,又很自信,所以文风峻峭,锋利无比,语气坚决而专断。后世论说文的写作,从《韩非子》中获益甚多。

美文的谱系

　　文章产生于实用目的，而文字本身的奇妙却也足以让人为之着迷。当作家倾心于后一种效果、以语言艺术为主要目标时，就产生了美文。在古代文学史上，辞赋和骈文构成了美文的主要谱系。

语言的陶醉

　　依照古代的文体分类，诗、文、辞赋是最基本的三大类。

　　不过"辞赋"的概念有一些含混之处。简要来说，楚辞本来就可以称为赋，《汉书·艺文志》的著录，就说"屈原赋"二十五篇，"宋玉赋"十六篇。而秦汉文人的作品，有大抵追仿楚辞风格而具抒情诗特征的，习惯上称"楚辞"或"辞"而不称"赋"，另一种新兴的以体物为主的，一般就只称为"赋"。笼统而言，皆属"辞赋"。而按照现代的文体分类，则把楚辞归于诗，汉赋归于文——也可以认为它是介于诗、文之间的文类。

汉赋有两个主要的源头。一是楚辞，它本来就是偏向华丽风格的。一是《战国策》一类的纵横家之文。从这类文章来看，战国后期的"游士"通常都有相当好的运用文辞的修养，喜欢铺张而华丽的语言表达。可以推定，当时要成为"士"必须要经过文辞和游说方法的训练。这就像古希腊从事政治活动的人很多经过"雄辩术"的训练。游说者追求漂亮的语言，首先当然是为了推销自己的政治主张，但由此也显示了他们的才华与智慧。

战国游士的培养模式和这一类人的基本文化结构是不会一下子改变的，但时代发生根本改变以后，他们的生活方式却必须有所改变。西汉初，许多文士依附于诸侯王的宫廷，武帝即位后强化中央集权，又将其中的佼佼者召集到皇家宫苑。在大一统的政治秩序下，文士们的活动空间缩小了，政治、外交、军事等领域的活动已无从参与，于是便更多地发挥其文辞方面的才能，主要以文学活动为君王提供精神享受。由此沿着楚辞的文体模式，发展出"赋"这一新的文体。

汉赋与楚辞的分道，主要在于楚辞以自我为中心、以抒情为主，汉赋以外界事物为关注对象、以写物为主。这是一种以语言的美感为最终目的的文学创作，它通过精心安排美丽的文字，整齐的句式，层次分明的结构，表现社会和自然的种种奇特事物和绚丽景象，刺激读者的感受力与想象力，获得审美快感。

在后世看来，汉赋尤其典型的大赋的缺陷是很明显的，它不仅堆砌辞藻、过度铺排夸张，读起来令人疲倦，而且常常在"风谏"的道德掩饰下，夸饰帝王的威势和奢靡的生活，用扬雄的说法，叫作"劝百讽一"。但在文学史上，它是新鲜的尝试和创造，是对语言的魅力的探险。《史记》《汉书》常以

"文章"的概念指称辞赋等重文采的作品，正表明文学独立意识的形成与辞赋有很大关系。

在汉代，辞赋创作成为文人文学的主流，作品的数量颇为惊人，据班固《两都赋序》说，成帝时整理从武帝以来各种人士奏献给朝廷并且还保存着的辞赋，总数有一千余篇。作者除了文人、学者，帝王和高级官僚也有参与其中的，汉武帝就写过《秋风辞》和《李夫人赋》。

子虚乌有

汉代大赋形成的标志，是枚乘的《七发》。内容假托楚太子因安居深宫、纵欲享乐而导致卧病不起，"吴客"前往探病，说七事以启发之（篇名即由此而来）；中心部分竭力描述音乐、美味、车马、宴游、狩猎、观涛六方面的情状，最后以贤哲的"要言妙道"的吸引力使楚太子病愈，表明精神的东西才是最重要的——但这一部分却相当简单。

《七发》在一个虚构的故事框架中以问答体展

开，使作者能够自由地选择作品所要表现的内容；它脱离了楚辞的抒情特征，转化为以铺陈写物为中心的高度散文化的文体，这两者奠定了汉赋体制的基础。同时，《七发》摆出一副"讽"即劝谏的姿态，以求顺合于社会公认的道德意识，重点却放在展示各种令人向往的生活嗜欲，并将这些素材创造为新鲜的文学美感。这种道德主题与审美主题在矛盾中结合的模式，也为后来的体物大赋所沿承。

武帝即位后，由于他的倡导，汉赋进入全盛期，最重要的代表作家是司马相如。

司马相如的赋作很多，以《子虚赋》《上林赋》最有名。这两篇从结构来说其实是完整的一篇，内容也是在一个虚构框架中以问答的体式展开的：楚国使者子虚出使齐国，向齐国之臣乌有先生夸耀楚国的云梦泽和楚王在此游猎的盛况，乌有先生不服，夸称齐国山海之宏大以压倒之。代表天子的亡是公又铺陈天子上林苑的壮丽和天子游猎的盛举，表明诸侯不能与天子相提并论。然后"曲终奏雅"，说出一番应当提倡节俭的道德教训。

这两篇赋中的登场人物，冠以"子虚""乌有先生""亡是公"这样的名字，等于是公开声明了作品的虚构性质。作品的内容由三个人物各自的独白展开，最终突出了天子的崇高地位与绝对权威，显示了大一统时代的文化特征。

二赋最突出的一点，是极度的铺张扬厉，《七发》以二千余字铺陈七事，已经是空前的规模；《子虚赋》《上林赋》则以四千余字的长篇，铺写游猎一事，并以此为中心，把山海河泽、宫殿苑囿、林木鸟兽、土地物产、音乐歌舞、服饰器物、骑射酒宴，一一包举在内。作者用夸张的文笔，华丽的辞藻，描绘一个无限延展的巨大空间，对其中林林总总、形形色色的一切，逐一地铺陈排比；毫无疑问，这里渲染了统治阶级的奢侈生活，但它确也呈现出过去文学从未有过的广阔、丰富和壮丽的图景。这里面有一种与时代精神相联系的拥有世界的自豪感。

西汉后期的扬雄与司马相如并称"扬、马"，名望也很高。他对司马相如非常倾慕，代表所作《甘泉赋》《河东赋》《长杨赋》《羽猎赋》四赋，就是模拟《子虚赋》《上林赋》的。他虽然也善于运用瑰丽的语言描绘宏大的场景，但终究缺乏创造性。

汉代大赋中新鲜的主题，出现于东汉前期史家班固所作的《两都赋》，由《西都赋》和《东都赋》两篇合成。

"两都"指西都长安，东都洛阳。《西都赋》主要赞美长安的繁华富丽，包括统治阶层的享乐生活；《东都赋》则更多地歌颂了东汉王朝所实施的各种政治措施如何恰当，以及王朝的威势、洛阳风俗的淳厚，这样就显出东汉的统治比西汉的统治更符合儒家理想。

《两都赋》以描绘都市为中心，因而它更多地关注人们的生活场景，山水、草木、鸟兽、珍宝、城市、宫殿、街衢、商业、服饰、人物……增添了不少新鲜内容，景象也颇为壮丽。京都赋是辞赋的一个重要分类，它的基本格式是由《两都赋》奠定的。

回归抒情

大赋是一种非常耗费精力的文体，尽管它广泛描写人类生活中的事物与景象，引发了许多新的文学主题，但由于缺乏情感的兴奋，很容易导致审美疲劳，难免盛极而衰。到了东汉后期，赋开始转向以抒情为中心的短小篇制。

张衡是这一变化的代表。他作有规模宏大的《二京赋》，史称"十年乃成"。而他的《归田赋》，总共才二百余字，在写作态度上，堪称是对传统大赋的一种反动吧。文章主旨是从昏乱的社会逃遁到田园，反映田园隐居的乐趣。其中写景的部分简洁而清丽，和大赋的铺排写法完全不同。

抒情小赋体现出清新活泼的生机，很快获得汉末魏晋文人的喜好，佳作不断出现。

蔡邕的《青衣赋》写与一奴婢的情缘和别后对她的怀念。这即使有虚构成分，也应该与作者的某种实际经历有关系。这种不合道德传统的题材的出现，反映了在当时社会瓦解的情况下人们的思想和情感表现渐趋自由。最后一节情景很动人："明月昭昭，当我户牖，条风狎猎，吹予床帷。河上逍遥，徙倚庭阶。南瞻井柳，仰察斗机。非彼牛女，隔于河涯。思尔念尔，怒焉且饥。"这里描写了恋爱之人在月光皎洁的晚上因思念对方而不能成寐，在庭院中徘徊的情形，意境很美。

王粲与曹植并称"曹王"，是汉魏之际美文的高手。王有《登楼赋》，是他因避中原战祸而寄寓荆州时所作，写羁旅之愁与怀才不遇的悲哀。它篇幅短小，语言精美，多用骈句，写景与抒情结合紧密，深刻地表现出在混乱的时代中对人生价值失落的忧惧。其享名之盛，以至"王粲登楼"本身成了一个典故。曹植有《洛神赋》，虚构了作者在洛水遇神女的故事，更是千古传诵之作。它的感染力主要来自两个方面：一是对于女性美的前所未有的细致描摹，一是由人神相遇而终不能接近的愁怨，表现了完美事物总是可望而不可即的人生体验。赋中刻画神女容貌与情态的文字极华美之能事，如开头一节：

　　其形也，翩若惊鸿，婉若游龙，荣曜秋菊，华茂春松。仿佛兮若轻云之蔽月，飘飖兮若流风之回雪。远而望之，皎若太阳升朝霞；迫而察之，灼若芙蕖出渌波。

东晋大诗人陶渊明的辞赋别有特色。他的《归去来兮辞》描写由彭泽令任上归隐时途中景象和还乡以后生活，在辞赋系列中，语言显得清新而朴素。作者善于用单纯的描写传达浓厚的抒情色彩，富有诗意而带有哲理的内涵。"舟遥遥以轻飏，风飘飘而吹衣"，写归途中的自由无羁、轻松愉悦，令人心旷神怡；"云无心以出岫，鸟倦飞而知还"，"木欣欣以向荣，泉涓涓而始流"等写景之笔，非常形象地体现了自然界自生自化、充足自由的灵韵。《闲情赋》在陶集中尤为特殊。其题旨标榜为"闲情"即约束感情，实际内容却是热烈地渲染男女之情，而且文辞流宕，色彩丰艳。其中"愿在衣而为领"以下一大段，用各种各样的比喻表现欲亲近美人之情，穷形尽态，极铺排之能事。从这里可以看到陶渊明思想情趣的另一方面，和文学才能的多样性。

南朝精美的小赋层出不穷，不过那都是用骈体文来写，我们放到下一节再说。至隋、唐而下，赋的高潮期已经过去了。但直到古典时代结束，赋的创作始终延续不绝，且代有佳作，在文学史上描绘着美丽的图景。如果要简单提及，我们很容易想到欧阳修的《秋声赋》，苏轼的《前赤壁赋》《后赤壁赋》。

骈文的形成

骈文和律诗一样，是充分利用汉语的特点建构起来的形式特别精致的文体。

"骈"的本意是双马并行。所谓"骈文"从最基本的意义来说，就是主要用对偶句写成的文章，它在语言形式上追求对称与均衡之美。对称与均衡是一切形式美中最基本的因素，也最容易为人的心理所感知。按刘勰《文心雕龙》的说法，它既是自然界的普遍现象，也是人类天性的要求："造化赋形，支体必双；神理为用，事不孤立。"而汉语字形独立和单音节的特点，尤其容易形成工整的对偶。这是律诗和骈文的共同基础。

但骈文的讲究不仅仅在对偶。如果按照南朝典型的骈文的要求，它还讲究声律（平仄和谐）、藻饰（辞采华美）、用事（运用典故），如此将四项要素结合起来，形成高度形式化、追求典雅华丽的美文。还有，因为诗歌的惯用句式是五言、七言，骈文在发展过程中逐渐形成以四字、六字句为主的体式，这一类型的骈文又称"四六文"。

由于汉语天然容易形成对偶（比如"桃红"对

"柳绿"，"高山"对"流水"），而人类的心理也天然喜好对称和均衡，所以自从中国有"文章"可言，就有运用偶句的现象。但是，那大体是自然形成的，并非有意追求。屈原的楚辞因为喜用不同的事物做对比，造成许多偶句，令人有文采斐然之感，这已是骈文遥遥的先声。秦与西汉的文、赋，运用对偶并同时增以用典和藻饰的情况逐渐增多，李斯、司马相如常被举为代表。到了东汉，将骈偶作为追求文章之美的手段，已是普遍现象。但一般说来，仍是骈散相杂而以散句为主。进一步到了魏晋，则于骈散相杂中变为偶句为主，而且辞藻的修饰也更加精致。前引曹植《洛神赋》一节，可以作为例子。南北朝则是骈文的全盛期，前面说到的典型骈文的四项要素，这时才算完全齐备。

正因演进的过程很长，所以骈文什么时候算是正式成立，就有不同的说法。早的将李斯或司马相如尊为"初祖"，晚的则认为要到魏晋乃至南朝。如果要找一个标志的话，西晋陆机的《豪士赋序》也许比较合适。下录一小节：

且夫政由宁氏，忠臣所为慷慨；祭则寡
人，人主所不久堪。是以君奭鞅鞅，不悦公
旦之举；高平师师，侧目博陆之势。而成王
不遗嫌吝于怀，宣帝若负芒刺于背，非其然
者钦！

此文全篇都十分整齐工致，用典也很自如，而且
多用四六对偶的句式，创立了"四六文"的体式。文
中间杂少量的散句作调节以免音节呆板，也做得老
到。除了声律规则要到南朝才明确，非陆机所能知，
已经没有什么可挑剔之处了。

雪、月、恨、别

通常所说"骈文"，包含一部分骈体赋。上面的
小标题是南朝四篇著名骈体短赋的题目，望题似乎
就能感受到南朝崇尚唯美的文学气息。

《雪赋》的作者谢惠连，《月赋》的作者谢庄，
均为江南高门谢氏宗族中的重要人物。这两篇赋都

是单纯的写景之作，一无深意。但语言极其精美，令人喜爱。下面录《月赋》的一小节：

　　若夫气霁地表，云敛天末，木叶微脱。菊散芳于山椒，雁流哀于江濑；升清质之悠悠，降澄辉之蔼蔼。列宿掩缛，长河韬映；柔祇雪凝，圆灵水镜；连观霜缟，周除冰净。

　　写月中世界，如此晶莹剔透、空明澄虚。语言之工丽已是竭尽所能。

　　南朝唯美文学的主题，集中在自然景物、女性和人生失意的伤感，江淹的名作《恨赋》和《别赋》，就属于上述第三类。二赋将不得志的憾恨与别离的哀伤视为人类的普遍情感，通过一一举例或分门别类的方法加以描摹。

　　其中《别赋》尤为出色。文中先从行者与居者两面总述别离之悲，然后分写各类人物、各种情形的别离，以见其在人们生活中的普遍性，并达到反复渲染的目的。写侠士以死报恩、与家人诀别的景象是："沥泣共诀，抆血相视，驱征马而不顾，见行尘之时起。"有慷慨悲壮之气。写游宦者之妇的四季相思是："春宫閲此青苔色，秋帐含兹明月光。夏簟清兮昼不暮，冬釭凝兮夜何长！"有缠绵不尽之哀。写情人之别，则于忧伤中充满了诗意的美感：

　　　下有芍药之诗，佳人之歌，桑中卫女，
上官陈娥。春草碧色，春水渌波，送君南浦，
伤如之何！至乃秋露如珠，秋月如珪，明月
白露，光阴往来。与子之别，思心徘徊。

　　南朝文学普遍带有伤感性。如果说，美归根结底是一种感动的力量，那么在南朝文人看来，悲哀的情绪是最令人感动的。江淹赋是这一审美趣味最典型的表现。

魂兮归来

　　南北朝美文大多回避社会冲突与人生中的尖锐矛盾，缺乏惊心动魄的力量。当然也有例外。在辞

赋中，较早的有鲍照的《芜城赋》。它以夸张笔法将广陵城昔日的繁荣与它在宋代两次遭到兵祸后的荒凉相对照，哀叹战争的惨重破坏和世事迁变无常，透露了非常沉重的时代的伤感。较晚的则有庾信的《哀江南赋》。它是庾信经历了梁朝覆灭、国破家亡，而自身又被长期扣留在北朝不得南归的痛苦之后，回顾往事、抒发悲愤之作。题目取自楚辞《招魂》中句子："目极千里兮，伤春心，魂兮归来，哀江南！"

《哀江南赋》以自身经历为线索，历叙梁朝由兴盛而衰亡的过程，抒发自己陷入穷愁困顿、灵魂永不得安顿的悲苦。此赋篇制宏大，头绪纷繁，感情深沉，叙事、议论、抒情结合一体，具有史诗性质。如其中的一节写到江陵破后大量的南方士人和百姓被驱迫到北方，其惨痛景象，尤其贵者的沦落，显示出在巨大历史变局中人的可悲可怜：

　　水毒秦泾，山高赵陉。十里五里，长亭短亭。饥随蛰燕，暗逐流萤。秦中水黑，关上泥青。于时瓦解冰泮，风飞雹散。浑然千里，淄渑一乱。雪暗如沙，冰横似岸。逢赴

洛之陆机，见离家之王粲。莫不闻陇水而掩
泣，向关山而长叹。况复君在交河，妾在青
波，石望夫而逾远，山望子而逾多……

《哀江南赋》前面有序，也可以视为一篇独立的
"四六体"骈文，骈偶的技巧在此文中运用得十分
老练。像"孙策以天下为三分，众才一旅；项籍用
江东之子弟，人唯八千。遂乃分裂山河，宰割天下。
岂有百万义师，一朝卷甲，芟夷斩伐，如草木焉！"
前六句为不同的对偶句式，有很强的顿挫感；后四
句变为散体，一泻而下。精致的形式极充分有力地
表达了感情。

书信之美

南朝几乎所有文章都用骈文来写作。其中书信
一体，因其轻便自由，产生了不少精巧的佳作，我
们在这里挑选两个例子，以见一斑。

鲍照有《登大雷岸与妹书》，其中有大量的对所

见自然景色的描写，如写庐山的一节：

> 西南望庐山，又特惊异。基压江潮，峰与辰汉相接。上常积云霞、雕锦缛。若华夕曜，岩泽气通，传明散彩，赫似绛天。左右青霭，表里紫霄。从岭而上，气尽金光，半山以下，纯为黛色。信可以神居帝郊，镇控湘、汉者也。

画面阔大，气象万千，光色耀目。在语言风格上，鲍照的骈体文通常语意紧缩、意象密集，显得雄健有力。

吴均的《与宋元思书》也是南朝最杰出的写景小品之一，如画如诗，引人入胜：

> 风烟俱净，天山共色，从流飘荡，任意东西。自富阳至桐庐，一百许里，奇山异水，天下独绝。水皆缥碧，千丈见底；游鱼细石，直视无碍。急湍甚箭，猛浪若奔。夹岸高山，皆生寒树，负势竞上，互相轩邈，

争高直指，千百成峰。泉水激石，泠泠作响；好鸟相鸣，嘤嘤成韵。蝉则千转不穷，猿则百叫无绝。鸢飞戾天者望峰息心，经纶世务者窥谷忘反。

此文以善于刻画见长。起笔四句，意境清明高远，人的潇洒情态自在其中。下文摹写水之清澈急猛，山之高峻奇伟，环境之幽深秀美，无不刻画精准。较之鲍照《登大雷岸与妹书》，虽壮丽雄浑不如，而清奇俊秀过之。

余波清涟

四六骈体在唐代仍流行，"初唐四杰"中的骆宾王、王勃都以擅长骈文著名。

骆宾王的《讨武氏檄》是唐代骈文中的名作。当时徐敬业起兵讨伐武则天，骆氏为他起草此文，传播四方，以求响应。这篇檄文从君臣大义立论，情绪激昂，声调铿锵，节奏明快，极富于煽动性。像

"一抔之土未干，六尺之孤安在"，令人由悲哀而生愤慨，据说武则天读到这里不由凛然一惊。徐敬业的军事行动失败极快，倒是这篇檄文传诵不衰。

王勃写有多篇骈体序文，其中《滕王阁序》尤为著名。描摹秋色的一节，画面宏阔而景象明丽：

> 云销雨霁，彩彻区明。落霞与孤鹜齐飞，秋水共长天一色。渔舟唱晚，响穷彭蠡之滨；雁阵惊寒，声断衡阳之浦。

这一小节用三组不同的对句构成，堪称精工。

但骈文虽然也可以写得既精美又切情，然而由于形式的讲求太多，并不容易写好。所以唐人文章也向骈散兼用的方向变化。典型的如李白，他的书信体散文无不是挥洒自如，即使像《春夜宴诸从弟桃李园序》这种惯例用骈体的文章，他也写得相当松散："夫天地者，万物之逆旅；光阴者，百代之过客。而浮生若梦，为欢几何？古人秉烛夜游，良有以也。"这是说人生当及时行乐的道理，文字浅显而属对不十分严整，遂容易表达活跃的情绪。

中唐以后，骈文的高潮逐渐衰退。但它不仅作为文章众流之一脉延续不绝，而且，自骈体文盛兴之后，散体文也不会是原来的样子了。

古文与"唐宋八大家"

唐朝人把骈文叫作"时文",即流行的文体,因此称这以前就有的散体文为"古文"。但所谓"唐宋古文",又不尽是恢复秦汉古文之貌,它有自身的历史背景和文化取向。

关于"古文运动"

南北朝骈文的高度膨胀本身包含着一些问题:它在形式上的要求过于严格,给大多数作者自由地抒写思想感情造成了困难;它的唯美倾向,削弱了文学介入政治和社会生活的功能。凡事盛极而衰，要求变化是自然的。

另一方面，从南北朝到隋、唐，一直陆续有人站在儒学的立场，指责以骈文为中心的唯美文学有害无益，要求恢复文章在协助伦理教化上的作用。这也构成改变文风的压力。

到了中唐，出现以韩愈为中心的一群作家，再度发出文章改革的呼声，同时柳宗元也与之相呼应。由于他们本身是出色的文人，能写好文章，因而就更具有号召力。现代研究者将这一群人的努力称为"古文运动"。

如前所述，所谓"古文运动"其实内含两种不同的动力。一是文章因过度骈化而再度向散体摆动的自然趋势，这种变化在韩、柳以前已经有所呈现；一是跟中唐的儒学复兴思潮联系在一起，要求文章承担弘扬儒道的任务，这主要是从政治和道德意义着眼。韩、柳古文理论的核心观念，用柳宗元《答韦中立论师道书》中的一句话来概括就是"文者以明道"（这一说法到了宋代演变为"文以载道"）。韩愈也在一系列文章中，做过类似的表述。这种理论强调道对文的支配性，倡导以文学为维护政治秩序服务，必然会对文学的自由创造加上沉重的束缚。但在具体的写作实践上，韩、柳的文章又并非都是为了"明道"而作，许多优秀的作品，其实是个人生活经验的产物和情感的结晶。所以"古文运动"始终包含着一些矛盾的内涵，没有必要从单一的角度去看待。

到了宋代，以欧阳修为中心的一群文学家沿承韩、柳的文学主张从事散文创作，因而有"唐宋古文"的概念。明代初年朱右编选《八先生文集》，明中叶茅坤编选《唐宋八大家文钞》，所收皆为韩愈、柳宗元、苏轼、苏洵、苏辙、欧阳修、王安石、曾巩八人，由是有"唐宋八大家"之名。

韩柳摩苍苍

杜牧《冬至日寄小侄阿宜诗》称"李杜泛浩浩，韩柳摩苍苍"，意思说李白、杜甫之诗，韩愈、柳宗元之文，都有宏大的气魄。

韩愈谈文章，不只是鼓吹"道"的原则，如何才能写好，他有实在的心得。他认为文章没有什么固定的规则，主要是"气"的作用，"气盛则言之短长与声之高下者皆宜"（《答李翊书》）。大概地说，"气"本意指生命的元气，一个人品格高、修养深，为人自信，精神舒展，元气就充沛。表现在文章中，情感有力的波动，直接转化为语言的韵律、节奏，达成形式和"意味"的统一。其实他是"做"文章的，自古以来没有人像他那样对写文章如此用心，只是他要"做"到浑厚天然，使人感受到是"气"在运行。

以短文《送董邵南游河北序》为例：

燕、赵古称多感慨悲歌之士。董生举进士，连不得志于有司，怀抱利器，郁郁适兹土。吾知其必有合也。董生勉乎哉！

夫以子之不遇时，苟慕义强仁者皆爱惜焉。矧燕、赵之士出乎其性者哉！然吾尝闻风俗与化移易，吾恶知其今不异于古所云邪？聊以吾子之行卜之也。董生勉乎哉！

吾因子有所感矣。为我吊望诸君之墓，而观于其市，复有昔时屠狗者乎？为我谢曰："明天子在上，可以出而仕矣！"

其时董邵南因不得志而赴河北，而河北为藩镇割据之地，韩愈不赞成，又没有理由阻止。开头陡然而起，引荆轲、高渐离之事，有无限感慨。而后转到董邵南河北之行，表示同情和安慰。继而顺势而下，言董氏必为仁义之士所爱惜，忽然又转到河北或许风俗变易，其地之人不可知，暗藏了提醒乃至警告的意味。最后一笔宕开，请董生代祭古义士之墓，随之又收回，嘱他转告隐于市井之豪杰出仕"明天子"，为国家的统一效力，而董生当如何，俱在不言中。对朋友的爱惜、忧虑和反对割据的坚定态度，构成了特定的"气"流贯于文章之中，不足二百字的篇幅，写得层层波折，意味深长。

韩文的变化很多。结构布局根据立意的需要各各不同，又很讲究句式的设计，善于交错运用各种重复句、排比句、对仗句，造成与骈体文不同的自由多变的节奏感。要总结出一些共同点，就是重气势，多波折，一浪接一浪地冲击读者的心理。前人说韩文如潮，就是这个道理。

韩愈的杰出才华还表现在语汇上的创新。他从当时的口语中提炼，从前代的文籍中改造，创造出不少新颖的语汇，使文章常常闪现出妙语警句，增添了不少生气。像《送穷文》中写鬼嘲笑人的样子，是"张眼吐舌，跳踉偃仆，抵掌顿脚，失笑相顾"，显得十分生动。韩文中许多新创的词语，如"面目可憎，语言无味""垂头丧气""动辄得咎""佶屈聱牙""不平则鸣""俯首帖耳""摇尾乞怜"等，后来都成为常用的成语。

柳宗元写得最好的是山水游记。这类散文大抵均作于他贬居西南边地时，游山玩水是他孤寂生活中的精神寄托。所以他并不是单纯地描摹景物，而是将感情投射于自然，通过对山水的描写呈现自己的心境。因而，他笔下的山水总是体现出人格化的孤洁清雅、凄清幽怨的情调。如《至小邱西小石潭记》：

从小丘西行百二十步，隔篁竹，闻水声，如鸣佩环，心乐之。伐竹取道，下见小潭，水尤清冽。全石以为底，近岸卷石底以出，为坻为屿，为嵁为岩。青树翠蔓，蒙络摇缀，参差披拂。潭中鱼可百许头，皆若空游无所依，日光下澈，影布石上，怡然不动。俶尔远逝，往来翕忽，似与游者相乐。

潭西南而望，斗折蛇行，明灭可见。其岸势犬牙差互，不可知其源。坐潭上，四面竹树环合，寂寥无人，凄神寒骨，悄怆幽邃。以其境过清，不可久居，乃记之而去。

前人文章中描摹山水的内容很多，但山水游记成为一种单独的文章类型，则是从柳宗元开始的。

宋文的趣尚

宋代古文在理论上沿承韩、柳。作为北宋文坛盟主的欧阳修是宋代崇韩风气的倡导者，他自己也被苏轼誉为"今之韩愈"。但宋代古文的风格与唐人仍有较明显的区别。无论韩文的拗折奇警，还是柳文的幽峭凄清，都包含内在的紧张性。这是因为情感的强度而造成的。宋文总体来说显得从容平缓。具体而言，是语汇不尚奇险，节奏不喜突兀急促，意脉的流动更为自然。这是因为感情的表达较有节制，在精神风貌上更追求闲雅的表现。这虽不像唐宋诗的差异那么突出，道理却是相通的。对后人来说，宋文的风格比唐文容易学习和把握，因此它的影响更大。

"唐宋八大家"中宋人占六家，其核心人物是欧阳修和苏轼。尤其是欧阳修，一度身居执政要位，并多次知贡举（主持进士考试），于志同道合者竭诚予以勉励和奖拔，因此在他周围形成了集团性的力量。

欧阳修散文中最著名又能代表宋文特点的是《醉翁亭记》。文章作于欧阳修在庆历六年谪知滁州时，主旨是从游览山水之趣谈人生进退之道。心里有牢骚，态度要宽松，要超然，这影响到文章风格的形成。文中用语浅显，其主脉为散体句，中间写景部分穿插字数不同的骈偶句，既纡徐流转又富于韵律感。全篇结构细致绵密：从"环滁皆山"的扫视开始，视线转向西南诸峰，推近到琅琊山，入山中溪泉旁，随峰回路转，见泉上小亭，引出作此"醉翁亭"、自号"醉翁"的太守，和"醉翁之意"在乎山水的议论，趁势导向山中四时之景，再转回写"醉翁"的酒宴，酒宴散后的情景，最后点明太守为"庐陵欧阳修"。全文既萦回曲折，又连绵不绝，无一句跳脱。文中每一个意义完足的句子都用叹词"也"结束，共出现二十一次，构成咏叹的声调。总之，这是一篇写得十分用心的文章。它的缺点是有些做作。譬如滁州周围除"西南诸峰"就没有什么山，说"环滁皆山也"只因它对文章而言是个好开头。

《秋声赋》是欧阳修的另一名篇。它的一项值得称颂的成就是文体的改造，把早已高度骈偶化的赋体改变为吸收骈文之长的散文体式，这被称为"文赋"。沿着这一路径，苏东坡写成了极为出色的《前赤壁赋》《后赤壁赋》。

在宋代文人中，苏轼是一位天才，也是最富于浪漫气质和自由个性的人物。他的思想通达而平易，又很有幽默感，不喜欢过于亢奋、偏执的论调。后代的文人喜欢苏轼的很多，因为觉得他聪明、宽豁而有趣。

苏轼的文章风格较多地受益于《庄子》，不太注重格局、构架、气势之类的讲究，如行云流水一般，姿态横生。他自己的评说是"如万斛泉涌，不择地而出"，"常行于所当行，常止于不可不止"。

在语言风格方面，苏轼的散文较欧阳修更为紧凑，更注意修辞的新颖醒目，较韩愈则显得平易些。他更善于通过景物的描摹，在声音、色彩的组合中传达自己的主观感受，句式则是骈散交杂，长短错落。拿《前赤壁赋》为例，它虽名为"赋"，除了保持美文特征以外，和一般散文区别不大，形式很自由。全文在自夜及晨的时间流动中，贯穿了游览过程与情绪的变化，写景、对答、引诗、议论，水乳交融地汇为一体，而文字之清朗秀美，不可多得。下引开头部分：

壬戌之秋，七月既望，苏子与客泛舟游于赤壁之下。清风徐来，水波不兴。举酒属客，诵"明月"之诗，歌"窈窕"之章。少焉，月出于东山之上，徘徊于斗、牛之间。白露横江，水光接天。纵一苇之所如，凌万顷之茫然。浩浩乎如冯虚御风，而不知其所止；飘飘乎如遗世独立，羽化而登仙。

　　于是饮酒乐甚，扣舷而歌之。歌曰："桂棹兮兰桨，击空明兮溯流光。渺渺兮予怀，望美人兮天一方。"

　　此外，苏轼还有一些风韵灵妙的短章，数十字或百来字，写出某种人生感受或境界，成为后世小品文的楷模。如《在儋耳书》以蚂蚁为喻，写自己被流放海南岛时环顾四面大海的心境：

　　覆盆水于地，芥浮于水，蚁附于芥，茫然不知所济。少焉水涸，蚁即径去，见其类，出涕曰："几不复与子相见，岂知俯仰之间，有方轨八达之路乎?"念此可以一笑。

遭遇不幸时，以更大的时空尺度来看待，于是一切就变得不足道，这正是《庄子》的方式。而悲哀在滑稽的自嘲中，变得不那么毒害人。

晚明小品

　　晚明小品文的兴盛，可以算是中国古典散文的最后一次重要变化，这一变化中包含了一些趋向现代的因素。作为新文学运动重要理论家的周作人在1926年就说过："现代的散文在新文学中受外国的影响最少，这与其说是文学革命的还不如说是文艺复兴的产物……我们读明清有些名士派的文章，觉得与现代文的情趣几乎一致。"（《陶庵梦忆序》）他的意思是晚明小品在古代与现代文学之间，有着衔接和过渡的意义。二十世纪三十年代，由于周作人、林语堂诸人的鼓吹，一度出现了晚明小品热。虽然，对相关问题的看法也存在争议，但晚明小品的新变

154

在文学史上的价值是毋庸置疑的。

何为小品文

"小品"原是佛家用语，指大部佛经的略本，明后期才成为一个新的文类概念。今存有明末书商陆云龙编选的《皇明十六家小品》。

从字面意义而言，小品文不过是指短小有趣的文章，没有清晰严格的标准。因此，广义的小品文可以追溯到很远，《世说新语》可以算是较早的名作，苏轼的短文更被认为是晚明小品的不祧之祖。但把它作为一个新的文类概念来提出，则有特殊的背景。那就是在明代晚期出现了一股反对思想束缚、追求个性解放的社会思潮。与之相关联，"公安派"（以湖北公安人袁宏道及其兄宗道、弟中道为中心）在文学理论上提出了"性灵说"，其宗旨是强调文学应该自由地表达真实的情感。而提倡小品文正是这一文学观的体现。如袁中道评价苏轼的文章，就说："今东坡之可爱者，多其小文小说，其高文大册，人固

不深爱也。"(《答蔡观察元履》)

所以，小品文的理论旗帜是"性灵"，它和唐宋古文的旗帜"道统"有针锋相对的意味。从文章面貌来说，大致晚明小品体制通常比较短小，文字喜好轻灵、隽永；多表现活泼新鲜的生活感受，讲究情绪、韵致；偏重于思想的机智，而避免从正面论说严肃的道理。它并不专指某一特定的文体，尺牍、游记、传记、日记、序跋等均可包容在内。

人世辛酸

小品文常常被看成是闲适情趣的表达。但由于这一时代的文人大多很敏感，闲适姿态的背后往往有人世辛酸的感受。主要生活在明中叶的徐渭，是开晚明小品之先声的人物，《皇明十六家小品》把他列为第一家。尺牍《与马策之》言：

> 发白齿摇矣，犹把一寸毛锥，走数千里
> 道，营营一冷坑上，此与老牯跁跒以耕，拽

犁不动，而泪渍肩疮者何异？噫，可悲也！
每至菱笋候，必兀坐神驰，而尤摇摇者，策
之之所也。厨书幸为好收藏，归而尚键，当
与吾子读之也。

这是徐渭晚年在宣府做幕僚时寄给门人的一封
短札，文字随意而精警，极生动传神地写出了他在
落魄生涯中的悲苦心境，同时也显示出不甘寄人篱
下的个性。

徐渭是个天才类型的人物，却一生潦倒，死后
几乎湮没无闻。正是公安派领袖袁宏道偶然读到他
的文集，大为倾倒，四处宣扬，才令徐渭声名鹊起。
他还专门写了《徐文长传》，称赞徐渭虽屡遭不幸，
却永不肯俯首向人，故诗中"匠心独出，有王者气"。
这就是晚明文士格外欣赏的文学品格。

袁宏道本人入仕途颇早，却不耐烦做官，他在
尺牍《丘长孺》中，用自嘲的口吻述县令之苦：

弟作令备极丑态，不可名状。大约遇上
官则奴，候过客则妓，治钱谷则仓老人，谕

百姓则保山婆。一日之间，百暖百寒，乍
阴乍阳，人间恶趣，令一身尝尽矣。苦哉！
毒哉！

在一连串尖刻的譬喻中写尽低级官员的苦恼，也
活脱显示出一个爱好自由的文人与官场不相适应的
个性。

袁中道的文章文字很明快，大抵性情流露，能
打动人心。如《寿大姊五十序》中的一节：

龚氏舅携姊入城鞠养，予已四岁余，入
喻家庄蒙学。窗隙中，见舅抱姊马上，从孙
岗来，风飘飘吹练袖。过馆前，呼中郎与予
别。姊于马上泣，谓予两人曰："我去，弟好
读书！"两人皆拭泪，畏蒙师不敢哭。已去，
中郎复携予走至后山松林中，望人马之尘自
萧岗灭，然后归，半日不能出声。

此处述因母亲早亡，大姊被托给母舅家抚养，年
幼的姐弟们分别时恋恋不舍，彼此相怜，十分感人。

梦萦西湖

　　个性舒张的要求在社会环境中得不到满足，这使晚明文人把精神转托于山水与日常生活的情趣，因而在小品中产生大量的也是占主导地位的自我赏适、流连光景之作。袁宏道《初至西湖记》一文中写道："山色如娥，花光如颊，温风如酒，波纹如绫，才一举头，已不觉目酣神醉。此时欲下一语描写不得，大约如东阿王梦中初遇洛神时也。"这是把西湖当作女郎来依偎了。

　　明末王思任的散文具有特异的语言风格。用语尖新拗峭，意态跳跃，想象丰富机智，并富于诙谐之趣。如《小洋》中写景："山俱老瓜皮色。又有七八片碎剪鹅毛霞，俱黄金锦荔，堆出两朵云，居然晶透葡萄紫也。"极见灵秀之气。下录《天姥》：

　　　　从南明入台，山如剥笋根，又如旋螺顶，渐深遂渐上。过桃墅，溪鸣树舞，白云绿坳，略有人间。饭班竹岭，酒家胡当垆艳甚。桃花流水，胡麻正香，不意老山之中有此嫩妇。过会墅，入太平庵看竹，俱汲桶大，碧骨雨寒，而毛叶离褷，不啻云凤之尾。使吾家林得百十本，逃帻去裈其下，自不来俗物败人意也。行十里，望见天姥峰大丹郁起，至则野佛无家，化为废地，荒烟迷草，断碣难扪。农僧见人辄缩，不识李太白为何物，安可在痴人前说梦乎？……

说山水极为灵动。又像"老山""嫩妇"之喻，对映成趣，表现出作者诙谐的性格。王思任是在清兵攻破其家乡绍兴时绝食而死的，文字的机敏和个性的强烈自有一种微妙的关联。

张岱被推举为晚明小品文的集大成者。他天资聪颖，性情放达，对生活享受非常讲究，但明亡后却长期隐居深山，甘于艰苦。张岱的散文集《陶庵梦忆》《西湖梦寻》完成于清初，都是忆旧之文。一方面，"繁华靡丽，过眼皆空，五十年来，总成一梦"（《陶庵梦忆序》），心绪是颇为苍凉，但着眼处仍是人世的美好、故国乡土的可爱。如《西湖七月半》记杭州市民每逢七月半齐聚西湖赏月的习俗，写各色人等大多意不在赏月，熙来攘往，有炫耀富贵的，有欣喜好奇的，有卖弄风情的，有装疯卖傻的，有故为矜持的，无不显着些可笑，又无不显着些可爱。而调侃的笔调里，流露着作者对故国与往事深刻的眷怀。另一篇写西湖的《湖心亭看雪》则别是一种清冷的调子：

　　崇祯五年十二月，余住西湖。大雪三日，湖中人鸟声俱绝。是日更定矣，余拏一小舟，拥毳衣炉火，独往湖心亭看雪。雾凇沆砀，天与云、与山、与水，上下一白。湖上影子，惟长堤一痕，湖心亭一点，与余舟一芥，舟中人两三粒而已。

　　到亭上，有两人铺毡对坐，一童子烧酒，炉正沸。见余，大喜曰："湖中焉得更有此人！"拉余同饮。余强饮三大白而别。问其姓氏，是金陵人，客此。及下船，舟子喃喃曰："莫说相公痴，更有痴似相公者！"

平日俏丽而繁华的湖山此刻被白色的雪同白色

的雾气所笼罩，成为一个素洁而宁静的世界。作者于夜晚乘小舟独往湖心亭，却见已有二客对坐，于是举杯同饮，挥袖而散。很短的文字，写出富于诗意的自然，人间意外的邂逅，与深有意味的孤独。这里面似乎蕴涵着某种哲理性的东西，但小品文不是用来讲大道理的，张岱只是静静地描绘那人生的片刻，而令读者有会于心。

第三章 — 剧坛春秋

中国古代的戏剧又常称为"戏曲",因为它是一种歌剧,核心内容是用曲子来演唱的。

戏剧的文本被列为文学史的内容来讨论。但从写作的本意来说,戏剧并不是(或主要不是)提供给人们阅读的。它的艺术魅力需要在舞台上得到展现。一段虚构的故事,演示着人生的欢喜与悲哀,演员和观众沉浸于其中,共同叩问生命的本相以及它的可能。演出的只是"戏",但有时候它却异常地激动人心。

戏剧的历史

古希腊戏剧是西方文学的主要源头之一，而中国文学在相当长的时期内则是以诗、赋、文为主体，戏剧的成熟相对比较迟。这种差别和东西方社会发展轨迹不同有关。

戏剧作为演艺，需要较为稳定的观众群，因而它的发展程度必然受到大众性娱乐需求的影响。而大致在宋以前，文艺主要流行于宫廷和官僚阶层，汉、唐的一些大城市虽然人口众多，但没有固定的民间娱乐场所（唐代有些寺院可以弥补这方面的不足），而且平时都是有宵禁的，可见民间娱乐很受限制。宋以后城市经济迅速发展，宵禁废止，市井文艺也变得更加活跃，像汴京（今开封）、临安（今杭州）等大城市，都有数量众多、规模不等的勾栏瓦舍，专供民间从事演艺活动。到了元代，由于一批杰出文人的参与，戏剧终于发展到高度成熟的境界。

但古代戏剧的萌芽很早就出现了，并且在不同的年代显现为各种各样的形态。

优孟衣冠

中国古代宫廷中很早就有一种"优人"，他们的职业是以乐舞和杂戏表演为君主提供娱乐。后世把演员、艺人称为"优人"，就是袭用了这一古老的名称。

《史记·滑稽列传》记载了一则有趣的故事：楚国的贤相孙叔敖死后，儿子很穷。一个叫"孟"的优人就穿戴了孙叔敖的衣冠去见楚庄王，神态和孙叔敖一模一样。庄王以为孙叔敖复生，请他做宰相，孟就说，孙叔敖那么能干，可他的儿子日子都过不下去，谁愿意做宰相呢？庄王终于封了孙叔敖的儿子。从这个故事可以看出，优人的技艺中，有一项就是模仿别人，甚至可以模仿得惟妙惟肖。在后代的记载中，还有关于优伶通过模仿他人对君主加以劝谏、对官僚进行讽刺的故事。不过他们模仿的目的，主要应该是娱乐吧。优伶的身份，终究距离政治是比较远的。戏剧的首要特质就是以"代言体"来演示一定的故事内容，而这种模仿活动就是上述戏剧特质的萌芽形态。

踏谣娘

中国古代戏剧的另一个重要源头是歌舞。而当歌舞表演带有某种故事成分时，就离戏剧更近了一步。唐朝崔令钦的《教坊记》中记载的一种叫"踏谣娘"的歌舞类型，就是显著的代表。"踏谣娘"的起源据说是这样的：北齐有人姓苏，自号为郎中，爱喝酒，喝醉了就要打老婆。他老婆很痛苦，难免哭哭啼啼地向邻里述说。于是人们就把这件事编成个节目：首先有个男人扮作女人上场，一边踏着有节奏的步子一边唱着歌，自述其苦。而后有人扮作她的丈夫上场，两人就打起来，场面很可笑，以此逗乐。因妇人且舞且歌，故谓之"踏谣"。

参军戏

唐代流行的一种原始戏剧叫作"参军戏"，来源据说是这样的：十六国后赵石勒时，有一名参军官员贪污，石勒就令优人穿上官服，扮作参军，让别的优伶从旁戏弄，参军戏由此得名。但唐代参军戏中的"参军"已经不表示身份，只是一个角色名称，另一个角色叫"苍鹘"，表演的内容以滑稽调笑为主。参军是被戏弄的一方，性格愚痴，苍鹘是戏弄的一方，表现比较伶俐机敏。中国戏剧有角色行当之分，就是从参军戏开始的。

参军戏在后世的演变分为两条线：一是被宋代杂剧所吸收，成为戏剧史的一个环节，一是转化为双人对说、一"逗哏"一"捧哏"的相声。

宋杂剧与金院本

"杂剧"本来是个泛义的名称，指各类表演伎艺，早在唐代就有了。到了北宋时期，杂剧为了适应在勾栏中演出的需要，形成一种较为固定的程式，成为独立的艺术类别。金人统治区域的这一类演艺类型被称为"院本"，金院本、宋杂剧大抵只是名称不同。

宋杂剧仍然是一种原始形态的戏剧，但已经综合了过去各种类似演艺的特点，进一步向着成熟的戏剧发展。在宋代人周密的《武林旧事》中记录了南宋二百八十本杂剧的剧目，但没有剧本流传下来。很可能因为宋杂剧剧情简单，演出时有较多的自由发挥，所使用的文字材料原本就只有简单的梗概，而没有后世意义上较为完整和稳定的"剧本"。

宋杂剧演出时一般由四段组成：第一段为艳段，相当于说书的"得胜头回"，用来等待迟到的观众；第二段和第三段是正杂剧，也就是主体部分，大体是一种说唱与歌舞相结合的、具有一定故事情节的戏曲形态；第四段是杂扮，也叫杂旺、技和，通常是轻松的调笑式的散场戏。宋杂剧有四五个演员，并且有固定的角色分工，末泥、引戏、副净、副末和装孤是宋杂剧的五个基本行当，还有一个名为"竹竿子"或称"参军色"的角色。他们涂脂抹粉，扮成剧中人物的模样，但表演的方式，则是代言体（第一人称）和叙事体（第三人称）相混杂。

宋杂剧的剧目主要有滑稽戏和歌舞戏两种类型，其中滑稽戏所占比重较大。譬如有一种剧目叫《眼药酸》，至今还有宋人绘画留传下来，可见当时是很流行的。画中一人头戴高帽，身着大袖宽袍，衣帽上均画有眼睛图案，表明他的身份是眼科医生，而从角色米说是"副净"；另一人腰间插一把扇子，上有草书的"诨"字，则是"副末"角色，作用是逗引和烘托副净的笑料。"酸"是宋元戏剧中对读书人一种戏谑和嘲笑的称呼，《眼药酸》推想起来，就是演一个固执死板的眼医硬要给没眼病的治眼睛，闹出许多笑话来。

歌舞剧的剧目通常是把人物、故事的名称和某种特定乐曲（大曲、法曲或词调）的名称相连缀，表明其音乐的规定性。这一类型的杂剧在戏剧史上有很重要的意义，因为有很多剧目被元杂剧所沿承，发展成为杰出的作品。如《裴少俊伊州》即《墙头马上》的故事，《莺莺六么》即《西厢记》的故事，《崔护六么》即《崔护谒浆》的故事。

元代的杂剧

元是由蒙古族建立的王朝。元朝的统治阶层一向看重实利，鼓励商业，对传统儒学虽有所利用，但终究不是很重视。同时，元代前期一度废止科举，对文化人的生活道路更带来严重的影响。按明代方孝孺的说法，是"元以功利诱天下……而宋之旧俗微矣"（《赠卢信道序》）。

随着大批文化人失去仕途希望，他们也摆脱了对国家对政权的依附。而由于城市经济造就了具有相当规模的文化消费需求，他们可以通过向社会出卖自己的智力创造谋取生活资料，因而既加强了个人的独立意识，也获得对真实人生的亲切的理解。就这样，元代社会造就了一群杰出的非传统类型的文人，他们开始具备自由职业者的某些特征。

元代文学正是因此而呈现出异常的活力。像杂剧、说话、讲唱等通俗性、大众化的市井文艺形式，在民间已经流行了很久，它虽然内蕴着生机，但在尚未有杰出的文人参与创作时，并不能产生优秀的作品。到元代，我们看到众多富于天才的作家投入到杂剧的创作中来。像关汉卿、王实甫诸人，他们的原创性才华决不逊于文学史上任何其他大家。由于这些人的加入，中国戏剧很快走向成熟并呈现出辉煌的光彩。

元杂剧的体制

元杂剧是在宋、金杂剧的基础上糅合了说唱艺术"诸宫调"的多种特点，并从其他民间伎艺中吸取了某些成分而形成的，它是完全的代言体。

元杂剧的基本结构形式，是以四折、通常外加一段楔子为一本，表演一种剧目；只有极少数剧目

（如《西厢记》）是多本的。一"折"意味着一个故事单元，同时也是音乐单元；每一折用同一宫调的一套曲子组成（元代流行的宫调有九种：仙吕宫、南吕宫、正宫、中吕宫、黄钟宫、双调、越调、商调、大石调）。"楔子"是对剧情起交代或连接作用的短小的开场戏或过场戏，通常只有一二支曲子。

元杂剧通常限定每一本由正旦或正末两类角色中的一类主唱；正旦所唱的本子为"旦本"，正末所唱的本子为"末本"。一人主唱的规定对合理安排剧情和塑造众多人物形象造成了一定的限制。

元杂剧的角色，可分为旦、末、净、外、杂五大类，每大类下又分若干小类，以此把剧中各种人物分为若干类型，以便于带有程式化的表演。

女人的命运

一种新的文艺样式需要伟大的作家将它提高和定型。对于元杂剧来说，最重要的奠基人是关汉卿。关汉卿由金入元，是创作年代最早的作家之一，所作杂剧见于载录的共六十六种，现存十八种，作品数量和类型最多，艺术成就也最为杰出。

《窦娥冤》是关汉卿的名作之一。剧中主人公窦娥是个弱小而善良的女子，母亲早亡，父亲因欠下高利贷无力偿还，将她卖给蔡家做童养媳，年纪轻轻就守了寡。地痞张老儿、张驴儿父子欺负蔡家婆媳无依无靠，赖在蔡家，逼迫蔡婆婆嫁给张老儿、窦娥嫁给张驴儿。蔡婆婆软弱怕事，勉强答应了，窦娥却坚决拒绝。

张驴儿怀恨在心，偷偷在窦娥为蔡婆婆做的羊肚儿汤里下了毒药，想毒死蔡婆婆，再以此逼窦娥成亲。不料汤却给张老儿喝了，中毒身亡，张驴儿遂把杀人的罪名栽到窦娥身上。

楚州知府桃杌是个昏聩的贪官，被张驴儿用钱买通，百般拷打窦娥，最后将她冤杀。在刑场上，窦娥满腔悲愤地咒骂天地："地也，你不分好歹何为地？天也，你错勘贤愚枉做天！"

《窦娥冤》具有强烈的悲剧特征。作者从两方面加以强化，使戏剧中的矛盾冲突显得极其尖锐：一方面，窦娥是个毫无过失的弱女子，具有社会所赞同的一切德行，而另一方面，剧中所出现的每一个人物，包括窦娥的父亲和她所孝敬的婆婆，都或多或少、或间接或直接地造成了窦娥无穷的不幸，而地痞恶棍加上昏庸贪婪的官僚，最后把她送上了断头台。这一结果彻底颠倒了普通老百姓所信奉所要求的善恶各有所报的法则。而且，这个故事不仅仅揭示了社会的不公平，由于善良的被粉碎是绝对化的，这引导人们以超越具体事件的态度来看待人类的秩序，在观众心理上，掀起了巨大的感情浪涛。

尽管作者没有能够把悲剧的力量维持到底，最后窦娥经科举做了官的父亲为她平反了冤案，从而缓和了剧中的激情，但它仍然使人们感受到极大的震撼。王国维认为将《窦娥冤》放在世界伟大的悲剧中也毫不逊色（《宋元戏曲史》），并不是夸张之谈。

中国戏剧从其形成过程来看，以滑稽、调笑的方式取悦观众一直是主要的特点，像《窦娥冤》这类悲剧的出现，极大地扩张了戏剧的艺术力量。

《救风尘》则是结构巧妙的喜剧，它和《窦娥冤》有意无意地成了一种对照。剧中三个主要人物性格鲜明，配合得恰好：同是风尘女子的宋引章和赵盼儿，前者天真轻信、贪慕虚荣，后者饱经风霜、世情练达；而另一角色周舍，则是个轻薄浮浪又狡诈凶狠的恶棍。宋引章被周舍所骗，赵盼儿利用周舍好色的习性，以身相诱，将宋引章救出火坑。剧中周舍作为恶势力的代表被放在受愚弄的地位上，他由于自身的卑劣品格而受到诱骗，终于大倒其霉，这无疑给普通观众带来很大的快感。而通常为社会道德所不赞同的色相欺骗，成为代表正义一方的必要和合理的报复手段，这显然反映出市民社会的道德观念，剧情也因此变得十分活跃。像赵盼儿对周舍指责她违背咒誓时的回答："遍花街请到娼家女，那一个不对着明香宝烛，那一个不指着皇天后土，那一个不赌着鬼戮神诛？若信这咒盟言，早死的绝门户。"那真是理直气壮，泼辣得很。与窦娥的悲剧相比，赵盼儿的故事似乎证明了，在险恶的世界里，你要比恶人更强悍才能保护自己。

关汉卿杂剧的题材、内容、风格是多样化的，总的说来，这些作品显示了根源于作者自由的个性与博大的胸怀的活跃而强大的艺术创造力。而尤其值得称道的，是他集中反映了弱者的生活遭遇和生活理想，既揭示了社会对他们的不公平，也反映出他们顽强、机智的斗争精神，有力地丰富了中国文学的内涵。

墙头望见白马郎

元人周德清《中原音韵》一书中将关汉卿、白朴、马致远、郑光祖并列，后人因而称他们为"元曲四大家"。其中白朴是唯一的出身文学世家的名士（其父白华是金朝名诗人），他留下两部剧作：《墙头马上》与《梧桐雨》。

《墙头马上》的素材源自白居易新乐府诗《井底引银瓶》。原作写一名少女与情人私奔而最后遭遗弃的故事，其主题在诗的小序中明言为"止淫奔"，是为道德教化而作的，但诗中又将私情故事写得颇为动人。后人在沿用这一素材时，却改变了故事的主旨。尤其白朴的《墙头马上》，热情赞美男女间的自由结合，主张私奔有理，和白居易原诗的立意针锋相对。

《墙头马上》的情节与白诗大略相似：洛阳总管李世杰的女儿李千金在花园墙头看到骑在马上的裴尚书之子裴少俊，二人一见钟情，李当夜随裴私奔，在裴家后花园暗住七年，生一儿一女。裴尚书发觉后，逼裴少俊休了她。后裴少俊中状元，以母子之情打动李千金，夫妇才得重聚。

李千金是剧中最重要和最具有个性的人物。她一出场的唱词便大胆表述对于满足情欲的要求，说是愿有"风流女婿"，与之共度人生好时光。在见到裴少俊后，她不但一开始就主动约他幽会，而且自始至终，都是理直气壮地为自己的私奔行为辩护，用泼辣的语言回击裴尚书等人对于自己的指责。在"大团圆"的庆宴上，她还将自己和裴少俊之事与司马相如与卓文君之事相比，宣称："怎将我墙头马上，偏输却沽酒当垆。"

总之，通过李千金这一人物的行动之事语言，剧本对自由的爱情、非礼的私奔、男女的情欲都做出率直坦露、毫无畏怯的肯定和赞美，这个形象是过去文学中所没有的。从中可以看到金、元入主中原以后中国文化有趣的变化。

《梧桐雨》取材于白居易的诗《长恨歌》，在描述唐明皇与杨贵妃之爱情悲剧的过程中，着重刻画了唐明皇的内心世界：由于政治上的失败，他从权力的顶峰跌落，失去繁华辉煌的生活，失去美如天仙的杨贵妃和如痴如迷的爱情，在孤独与苍老中感受着美好往日如梦消逝以后的寂寞与哀伤，一种对盛衰荣枯无法预料和把握的幻灭感。幸福是脆弱的，生命最终归于悲哀，这是剧中所传达的主要情调。白朴本人经历了金朝败亡、家族沦落的变故，这种描述显然渗透了作者自身的人世沧桑之感。

《梧桐雨》是一部抒情诗剧，比之《墙头马上》的世俗化倾向，它更多地表现出文人化的趣味，尤其以典雅优美、富于抒情诗特征的曲词著名。特别是第四折，全部二十三支曲子几乎都是唐明皇的内心独白，写他的忆旧、伤逝、相思、愧悔、孤独、哀愁等种种心情。其中后十三支曲子，通过对秋雨梧桐的描写，反复地以凄凉萧瑟的环境与人物的心境相互映照，彼此交融，获得强烈的抒情效果。

皇帝他只会哀愁

马致远剧作今存六种，以《汉宫秋》最为著名。

此剧敷演王昭君出塞和亲故事。这一故事本来就有许多传说成分，马致远再加虚构，把昭君出塞的原因，写成匈奴引兵攻汉，强行索取；把元帝写成一个软弱无能、为群臣所挟制而又多愁善感、深爱王昭君的皇帝；把昭君的结局，写成在汉与匈奴交界处投江自杀。这样，《汉宫秋》成了一种假借历史故事而加以大量虚构的宫廷爱情悲剧。

马致远的杂剧写实的能力不强，也缺乏紧张的戏剧冲突，其长处在善于写优美的抒情性曲辞。其语言不像《西厢记》《梧桐雨》那样华美，而是朴实自然与典雅精致的结合，前人对此评价甚高。当我们想起元杂剧是一种歌剧时，不难体会其中的道理。

浪漫在西厢

以单部剧作而言，王实甫的《西厢记》实为元杂剧中最为精彩和影响最大的一种。

《西厢记》的故事起源于唐代元稹的小说《莺莺传》，叙唐贞元年间有一自称"真好色"的张生于蒲地的普救寺与远亲崔氏女莺莺相恋、私通，而最后"忍情"相弃的经过。后世研究者认为小说所写实为元稹本人的真实经历，只是人物的姓名与身份经过虚饰。

由于《莺莺传》包含了一个浪漫爱情故事的雏形，因而受到后代文学家的珍视。金代董解元的说唱文本《西厢记诸宫调》对《莺莺传》做了根本性的改造，故事的性质演变为争取自由恋爱与婚姻的青年男女同恪守礼教的家长之间的冲突，最终以莺莺偕张生私奔作结。王实甫《西厢记》在此基础上进一步发展，使故事结构更加完整，情节更加集中，人物性格更为鲜明。它不仅热情赞颂了年轻人自由恋爱的美好动人，还成功地刻画了爱情心情，因而成为中国古代爱情文学的经典。

元杂剧以四折一本表演一种剧目和只允许一个角色唱的体制，对剧情的充分展开和多个人物形象的刻画造成了很大限制。《西厢记》则是一种规模宏大的多本剧，共五本二十一折（第五本可能是他人续作），各本由不同的人物主唱，它因而突破了上述限制。

在情节上，全剧波澜起伏，矛盾冲突环环相扣。从一开始崔、张邂逅于普救寺而彼此相慕，就陷入一种困境；而后张生在老夫人许婚的条件下解脱孙飞虎兵围普救寺的危局，似乎使这一矛盾得到解决；然而紧接着又是老夫人赖婚，再度形成困境。此后崔、张在红娘的帮助下暗相沟通，却又因莺莺的疑惧而好事多磨，使张生病卧相思床，眼见得好梦成空；忽然莺莺夜访，两人私自同居，出现爱情的高潮。此后幽情败露，老夫人发威大怒，又使剧情变得紧张；而红娘据理力争并抓住老夫人的弱点加以要挟，使得她不得不认可既成事实，矛盾似乎又得到解决。然而老夫人提出相府不招"白衣女婿"的附加条件，又迫使张生赴考，造成有情人的伤感别离。这样山重水复、萦回曲折的复杂情节，是一般短篇杂剧不可能具有的。它不仅使得故事富于变化、情趣浓厚，而且经过不断的磨难，使得主人公的爱情不断得到强化和淋漓尽致的表现。

剧中主要人物张生、崔莺莺、红娘，各自都有鲜明的个性。他们与老夫人是戏剧冲突中对立的两方，而同时，在同一阵营的三人之间，也存在因性格而产生的内部冲突。张生的性格，是轻狂兼有诚实厚道，洒脱兼有迂腐可笑。他表现出对于幸福的爱情的直率而强烈的追求，成为剧中矛盾的主动挑起者。莺莺总是若进若退地试探获得爱情的可能，并常常在似乎是彼此矛盾的状态中行动：一会儿眉目传情，一会儿装腔作势；才寄书相约，随即赖个精光……因为她的这种性格特点，剧情变得十分复杂。但是，她终于以大胆的私奔打破了疑惧和矛盾心理，显示人的天性在抑制中反而会变得更强烈。红娘在剧中是格外活跃的人物。她机智聪明，热情泼辣，又富于同情心，常在崔、张的爱情处在困境的时候，以其特有的机警使矛盾获得解决。她虽只是个小小奴婢，却代表着健康的生命，富有生气，所以她在精神上总是充满自信，居高临下，无论张生的酸腐、莺莺的矫情，还是老夫人的固执蛮横，都逃不脱她的讽刺、挖苦乃至严辞驳斥。

由人物性格的冲突推动剧情的起伏变化，是《西厢记》一个杰出的优点。

优美的语言也是《西厢记》获得成功的重要因素。和关汉卿杂剧的"本色"风格不同,《西厢记》有一种华美的诗剧风格。它的曲词广泛融入源于古典诗词传统的语汇、意象,与鲜活的口语巧妙地结合起来,将一个浪漫的爱情故事描述得风光旖旎,情调缠绵,声口灵动,格外动人。像一开场莺莺所唱的《赏花时么篇》:

　　可正是人值残春蒲郡东,门掩重关萧寺中。花落水流红,闲愁万种,无语怨东风。

又像"长亭送别"一折中莺莺所唱的《端正好》:

　　碧云天,黄花地,西风紧,北雁南飞。晓来谁染霜林醉?总是离人泪。

前者写生活在压抑中的女性的青春苦闷和莫名的惆怅,后者以秋天之景衬托离人之情,语言十分漂亮。

我们在《红楼梦》中看到宝玉、宝钗、黛玉等人都曾偷读《西厢记》的情节，自然会感受到它在爱情受到礼教禁制的时代所具魅力。

坚忍与复仇

纪君祥的《赵氏孤儿》是一部强烈的悲剧杰作，也是最早传入西方的中国古典戏剧作品，伏尔泰曾将它改编为《中国孤儿》。

此剧主要根据《史记·赵世家》所记春秋晋灵公时赵盾与屠岸贾两个家族矛盾斗争的历史故事敷演而成。剧中的屠岸贾被描绘为极其凶狠残暴的"权奸"式人物，他不仅杀害了赵氏全家三百余口人，连刚出生的孤儿也不放过。赵朔门客程婴将赵氏孤儿偷带出宫，奉命把守宫门的韩厥不忍小儿被杀，遂放走程婴，自刎而死。继而屠岸贾下令杀死全国出生一个月至半岁的婴儿，程婴与赵盾友人公孙杵臼商定计策，以己儿冒充赵氏孤儿，然后出面揭发公孙收藏了他。公孙与假孤儿被害，真孤儿得以保全，长成后程婴向赵氏孤儿说明真相，终于报了大仇。

《赵氏孤儿》的故事带有"忠奸斗争"的意味，但其真正感人之处，是突出描写了一群具有正义感的人对残暴势力的反抗。他们或杀身成仁，或忍辱负重，以最大的牺牲履行自觉选择的使命，使人格在高尚的境界中得到完成。如年老的公孙杵臼觉得救孤而死，比无聊赖的生更令人欢喜和兴奋，高唱："大丈夫何愁一命终，况兼我白发蓬松！"而程婴为了救孤抚孤，不惜牺牲自己的儿子，毁弃名誉，承担了更大的危险和精神压力。总之，剧中主要人物是在与强大的外部力量的对抗中实现其个体意志的，因而戏剧冲突尖锐激烈，矛盾连续不断，气氛始终紧张，呈现出典型的悲剧美感。

只有灵魂是自由的

郑光祖剧作今存七种，以《倩女离魂》最为著名。

此剧据唐人陈玄祐传奇《离魂记》改编而成，写王文举与张倩女原系"指腹为婚"，彼此相爱，文举因张母嫌其功名未就，被迫上京应试，倩女之魂化而为二，其一离开躯体去追赶王文举，与之相伴多年。王文举中状元后，携倩女魂归至张家，离魂与留在家中的倩女重合为一。

　　这一剧作在继承前人的基础上，利用荒诞的情节更深入地写出旧时代女子在礼教扼制下的精神生活。一方面，倩女的离魂为追求爱情，违背礼教，大胆地追随情人，表现得十分坚强和勇敢。可以说，离魂代表了这一类妇女内在的欲望和情感的力量。而另一方面，留在家中的倩女辗转病床，苦苦煎熬，当王文举寄信到张家，说要和妻子（即倩女的离魂）一同回来时，她以为他另有婚娶，不由得悲恸欲绝。这一倩女形象则反映了妇女在婚姻方面受制于人的事实。

　　郑光祖杂剧的曲词语言精美、抒情色彩浓郁，显示了较高的文学才华。

南戏与明、清传奇

自宋室南渡以后，在北方，宋杂剧和金院本孕育出元杂剧，这是古代戏剧中的成熟较早的一支；而在南方，宋杂剧则演变为南戏，这是古代戏剧中成熟稍迟的另一分支。

南戏的形成和发展

南戏旧称"戏文"，因最初产生于永嘉（今浙江温州一带），故又称"永嘉杂剧"或"永嘉戏曲"。到南宋末才比较普遍地流行于南方各地，元朝统一后更为繁盛。

元杂剧又被称为"北杂剧"，南戏和它在音乐上属于不同的系统。另一个重要的区别，是南戏的体制在各方面都更为自由。它的曲调配合，不受宫调的严格限制，可以根据剧情需要做较为自由的选择；它的剧本结构，也不像杂剧那样有"四本一楔子"的固定模式，而是以人物的上下场的界线分场，变化灵活；全剧可长可短，但大都比杂剧的一本来得长；它也不像杂剧那样每本戏规定只能由一个角色主唱，而是任何角色都可以唱。总之，南戏虽然成熟缓于北杂剧，在体制上却有天然的优势。

当关汉卿等名家创作出大批北杂剧杰作时，南戏中尚无值得一说的作品，原因就是没有优秀文人的参与。元统一以后，文化中心南移，北方的杂剧作家纷纷南下，造成了南北剧交流的机会。南戏得以向北杂剧学习，发生了一些重要变化，到了元末，出现了《琵琶记》《拜月亭记》等优秀的作品。

当南戏发展成熟以后，其自由的体制更便于展开复杂的剧情、塑造丰满的人物形象等优长便充分体现出来，最后在南戏体制的基础上形成了合南北剧之长的戏曲形式，即明以后所流行的传奇。

为了贞烈的苦难

　　见于文献著录的最早的南戏剧目《赵贞女蔡二
郎》和《王魁》，以及现存早期南戏剧本《张协状
元》，都是出于温州。这些剧作都是写男子富贵变心
的故事，体现了早期南戏的一个特点。

　　《琵琶记》的作者高明是元末瑞安人，其地亦属
古永嘉郡。本剧是对早期南戏《赵贞女蔡二郎》的改
编，写赵五娘和蔡伯喈的故事。在原作中，蔡伯喈
是个负心汉，"弃亲背妇，为暴雷震死"（见《南词
叙录》），高明在剧中彻底改变了蔡伯喈的形象。正
如本剧"题目"所概括的，"有贞有烈赵贞女，全忠
全孝蔡伯喈"，男女主人公都被刻画为道德典范。但
剧作描述蔡、赵夫妇在成为这种道德典范的过程中，
却蒙受各种精神压迫和生活灾难，客观上揭示了现
存道德秩序的不合理乃至违背人性。

　　《琵琶记》所写的蔡伯喈，是一个爱父母、爱妻

子、喜好田园生活的文士，本来他的家庭几乎是和谐完满的。但由于父亲的逼迫，不得不忍痛抛下家庭，赴京应考；中状元以后，因为有皇帝的圣旨，他又不得不答应牛丞相招他入赘的要求；他要求辞官还乡侍奉父母，也被皇帝以"孝道虽大，终于事君"的理由驳回。为了实践"忠"与"孝"的道德，蔡伯喈不得不放弃个人意志，受制于外部权威性的力量，承受因此而带来的灾难。这触及了深刻的社会问题。

赵五娘的遭遇更是充满了不幸：她被丈夫遗弃却必须奉养公婆，家境贫寒而又遭遇灾年，竭力尽"孝"仍被婆婆猜疑。最后，尽管她受尽艰辛，甚至自己吃糠度日，公婆还是悲惨地死去了；在埋葬了他们之后，她只得怀抱琵琶，一路乞讨去寻找丈夫。这一形象的感人之处，就在于既写出了中国妇女以自我牺牲来维持家庭的传统美德，同时又以富于真实感的描写，反映了她们因此而蒙受的巨大苦难。

《琵琶记》有一个大团圆的结尾：赵五娘被"深明大义"的牛小姐所接受，他们一夫二妇过上了和睦的生活。这试图给赵五娘和蔡伯喈一个报答，给观众一个安慰，但他们尤其赵五娘所经历的一切精神痛苦与生活灾难，并不能由此被抹杀。

风雪宝剑

　　明代前期传奇以改编元代剧作为多，明中叶出现一些优秀的创作，代表了明传奇的兴起。

　　这里面年代较早的有李开先的《宝剑记》。此剧叙林冲被逼上梁山的故事，但情节、主旨与《水浒传》所写有很大不同。在《宝剑记》中，林冲是因二度上疏弹劾高俅、童贯败坏朝政而遭到迫害，后带了梁山大军包围京师，终于为朝廷消除了奸佞。剧本的主旨如开首《鹧鸪天》曲所言："诛谗佞，表忠良，提真托假振纲常。"剧中虽然不免有许多说教的成分，但敢于动用反叛武装迫使朝廷改正错误，这种想象到底是豪气的。

　　《夜奔》是全剧最好的一出，曲辞写得苍凉浑厚，具有浓厚的抒情性。传奇因为规模宏大，过去常常挑选其中格外精彩的部分来演，称为"折子戏"，而"林冲夜奔"是最常选用的一出。在单独演出时，人们会忽略了全剧的意旨，从这一出中感受到英雄

落魄、走投无路的苍凉与悲愤，而引起人生情感的
共鸣。

美女的使命

《浣纱记》为梁辰鱼所作。它是第一部用昆腔演
出的戏曲，因而有特别的地位。

明代中叶南方的戏曲用不同的声腔来演出，流
行范围较广的声腔有弋阳腔、余姚腔、海盐腔；另
有昆山腔，仅流行于"吴中"即苏南一带。大约到
了嘉靖中后期，以魏良辅为首的一批艺术家对昆山
腔进行了改革。这种经过改良的昆山腔清柔而婉折，
富于跌宕变化，其声调"恒以深邈助其凄唳"（余怀
《寄畅园闻歌记》），具有很强的艺术表现力。梁辰鱼
本是昆山人，他在魏良辅的帮助下首先将这种新腔
推向戏曲舞台，对它的传布起了很大作用。此后传
奇的演唱，昆腔便占了主导地位。现在所说的"昆
曲"的概念，便是由此而来。

《浣纱记》写历史传说中美女西施的故事，大致
梗概是：起初范蠡与西施相爱，以一缕溪纱为定情

之物，后越国面临危亡，范蠡以国事为重，劝说西施到吴国去承担使吴王惑乱的任务。灭吴之后，范蠡功成身退，二人在太湖舟中成婚。

作者试图把政治和爱情相结合来写，赞美西施为国献身的精神。但从另一种意义来看，西施变成了君国利益的工具，这和爱情主题根本上是矛盾的。作者显然意识到这一种矛盾，所以用较多的篇幅渲染了西施在成为政治的牺牲品时所感受到的深深悲哀。如《迎施》出中《金落索》曲的一节："溪纱一缕曾相订，何事儿郎忒短情？我真薄命！天涯海角未曾经，那时节异国飘零，音信无凭，落在深深井。"西施的悲剧命运并未被看作理所当然的事情，作者写她的哀怨还是令人感动的。这和一味宣扬封建伦理而轻忽人情的剧作有明显的区别。

梦幻牡丹亭

晚明是中国古代社会思想与文化发生深刻变化的时代，追求人性解放是晚明新思潮最显著的特征。汤显祖的《牡丹亭》不仅代表了晚明文学在戏剧领域的最高成就，也是中国文学史上不朽的名著。近年来，台湾作家白先勇主持改编的昆曲《牡丹亭》风靡华人世界，再次证明了它的永恒魅力。

汤显祖是一位具有深刻思想的文学家，他的文学理论被概括为"尊情说"。这并不是一般地重视其抒情功能，而是把"情"与"理"放在对立地位上，伸张情的价值而反对以理格情。汤显祖所说的"情"是指生命欲望、生命活力的自然与真实状态，"理"是指使社会生活构成秩序的是非准则。理具有制约性而情则具有活跃性，任何时候都存在矛盾。而当社会处于变革时期，情与理的激烈冲突必不可免。在这种情况下尊情抑理，也就是把个人意欲置于既有社会规范之上，它是一种具有人本主义色彩的表述，在文学创作中即表现为人性解放的精神。这是我们理解《牡丹亭》的前提。

《牡丹亭》故事取材于话本小说《杜丽娘慕色还魂记》，写南宋时太守杜宝之女杜丽娘私自游园，在梦中与素不相识的书生柳梦梅幽会，尽男女之欢。醒来幽怀难遣，抑郁而死。杜宝迁官异地，葬女于官衙花园。柳梦梅上京赴试时路过此地，拾得杜丽娘的自画像。他观画思人，终于和杜丽娘的阴魂相会。后柳梦梅挖墓开棺，杜丽娘起死回生，两人结为夫妇。继而柳梦梅考中状元，杜宝拒不承认两人的婚事，最终由皇帝出面解决，全家大团圆。

尽管《牡丹亭》有些明显的缺陷，尤其是皇帝下旨完婚的结尾，构想未免平庸，但此剧在当时引起的反响非同小可。它问世不久，便家传户诵，不但为众多才士所称赏，而且在社会上引起轰动。娄江女子俞二娘读《牡丹亭》而哀感身世，含恨而死；杭州女艺人商小玲演此剧时悲恸难禁，猝死在舞台上。这些故事说明《牡丹亭》是一部具有鲜明的时代特点和震撼人心的艺术力量的杰出剧作，比起过去的爱情剧，有重要的新内涵。

《牡丹亭》与《西厢记》相比，有一个最重要的区别：杜丽娘的爱情故事不是由某个实在的对象引起的；她首先是渴望异性、渴望爱情，在自然涌发的生命冲动的引导下才进入与柳梦梅的梦中幽会，而后恣一时之欢，孕育了生死不忘之情。这一情节以最明确的方式宣示：爱情以及性爱，首先是年轻女子自身的需要；在两性关系中，女性并不必定是被动者；如果爱情不存在，它可以被生命的内在渴望创造出来。——在那一时代，这是惊人的表达，它激起了巨大的波澜。

在全剧最动人的《惊梦》《寻梦》两出中，以一系列精美的曲辞，唱出杜丽娘被禁制的生命渴望，如《惊梦》中的《皂罗袍》：

原来姹紫嫣红开遍，似这般都付与断井颓垣。良辰美景奈何天，赏心乐事谁家院？朝飞暮卷，云霞翠轩，雨丝风片，烟波画船，锦屏人忒看的这韶光贱！

这是写美丽的生命犹如美丽的春光一般荒废，使人不能甘心。而梦乡中恣情的幽会、生命在欲望的满足中欢舞的场景，也被描绘得极其动人，醒来时丽娘依然体味着它的"美满幽香不可言"。当好梦不再、郁闷愈深，使她深觉人生不足留恋时，她也希望死后能葬于梅树（象征柳梦梅）之旁，使幽魂得以常温梦境："似这般花花草草由人恋，生生死死随人愿，便酸酸楚楚无人怨！"

《牡丹亭》与《西厢记》的另一个重要区别，是作者具有更明确的反抗社会正统意识的出发点。

作为官宦人家独生女儿的杜丽娘，生活在与外界完全隔绝的朱门深宅之中。她的父母作为封建社会中常规道路上的成功者，他们以自己的"爱"给予女儿以最大的压迫，竭力把她塑造成一个绝对符合于礼教规范的淑女，甚至连她在绣房中因无聊而昼眠，她去了一趟花园，衣裙上绣了一对花、一双鸟，父母也会不满或惊惶，唯恐她惹动情思。杜丽娘的老师陈最良作为封建社会常规道路上的失败者，也专心以习得的酸腐来腌制丽娘鲜艳的生命。作者对杜丽娘的生活环境、周围人物的描绘，深刻地揭示了她所面对的是完整而强大的社会势力和正统意识。她所做的只是徒然的抗争，她的现实的结局只能是含恨而死。

以杜丽娘的死作为全剧的悲剧结局，未始没有深刻的批判性。但这不能使汤显祖满足。纵使强烈的反抗在现实中缺乏可能性，作为文学家，他依然可以托之于幻想，托之于浪漫的虚构，使生命的自由意志与陈腐的社会规制间的冲突达到尖锐的程度，从而赋予剧作以力度。杜丽娘"慕色而亡"，死犹不甘，幽魂飘荡，终得复生，与所爱之人结成婚姻，这种荒诞离奇情节具有极真实的意义，它喻示人们追求自由与幸福的意志无论如何也不能被彻底抹杀，它终究要得到一种实现。在这里，文学有力地表现了它作为人们创造自身生活方式的本质功能。它在当时社会中引起轰动，尤其在一些青年妇女中引起激烈的反响，正是基于此。

《牡丹亭》是一部美丽的诗剧。作者以优美的文辞，写出众多浪漫的幻想场景，大量的内心独白，构成了浓郁的抒情气氛。总体上说，明传奇的语言比之元杂剧较多人工雕琢的痕迹，在辞采方面追求过重。《牡丹亭》同样有卖弄才情的倾向。但才华和激情，使这部名剧并不因华丽而减损生气，这是非常难得的。

除《牡丹亭》外，汤显祖还作有《紫钗记》《邯郸记》《南柯记》，这四种传奇以其书斋名合称"玉茗堂四梦"。

多情的小尼姑

高濂的《玉簪记》也是数百年来长演不衰的名作，写一对青年男女冲破礼教和宗教禁欲规制而自由结合的故事：少女陈娇莲于金兵南下之际在逃难中与母亲失散，入金陵女贞观为道姑妙常，后观主之侄潘必正借宿观中，二人经茶叙、琴挑、偷诗等一番曲折后，私自结合。事被观主察觉，遂迫潘必正登程赴试，妙常追赶至舟中，哭诉离情。至潘必正登第得官，迎娶妙常。

此剧有几个明显的优点：一是情节单纯，没有一般传奇剧头绪纷繁的毛病，因而能够集中笔墨细致地描述潘陈二人结合的过程和心理活动，尤其妙常对于爱情的热烈向往和畏怯害羞的心情、她对潘必正若迎若拒的态度，写得十分生动。二是它的分寸感掌握得极好，作者以一种风趣明快的调子来写越规的恋爱，对情欲也不回避，大有风情却绝无恶趣。三是曲辞非常漂亮，既非华丽，亦非简朴，而是一种优美波俏的风格，恰好地体现了全剧带几分喜剧色彩的浪漫情调。下举第十六出《寄弄》中的《朝元歌》为例：

你是个天生后生，曾占风流性。无情有情，只看你笑脸来相问。我也心里聪明，脸儿假狠，口儿里装做硬。待要应承，这羞惭、怎应他那一声。我见了他假惺惺，别了他常挂心。我看这些花阴月影，凄凄冷冷，照他孤另，照奴孤另。

七夕长生殿

戏剧创作的活力到了清代开始减退，康熙中期出现的《长生殿》与《桃花扇》，成为古代戏剧文学史上最后的杰作。

洪昇的《长生殿》写唐玄宗李隆基与杨贵妃的恋爱故事。这个故事从白居易作《长恨歌》以来就包含了一种内在的矛盾：一方面，它通过对宫廷生活的想象表现人们对华美而浪漫的爱情的向往，而另一方面，对那一段历史的标准阐释则认为李隆基因宠信杨贵妃而荒怠国政是引发安史之乱的根由，因而抒写兴亡之感与赞美儿女之情很容易彼此冲突。《长生殿》则试图将这两方面的内容结合成一体加以充分的描绘。剧中写由于唐明皇沉湎于对杨贵妃的恋情和杨氏家人的擅权乱政引发国家政治秩序的破坏和社会的动乱，虽也有批评唐明皇失政的用意，但重点已不是提供政治教训，而是写出男女主人公因自身的过失导致生死分离，渲染了纵为天子、贵妃也无法决定自身命运的哀伤。这种描写不但没有构成对"情"的否定，相反成为"情"上升到前所未有的热烈境界的条件：正是由于生死之别，由于欢爱不再，男女主人公才真正认识到爱情对于生命的不可缺失的价值。如在《哭像》一出写唐明皇面对杨贵妃的木雕像神智迷恍，凄恻流涕，直哭得木雕像的眼里都流出了泪水。这种极致的"情"遂能感天地而动鬼神，超越生死，最终二人得以共升仙宫，实现一个爱情的美梦。由于"情"始终是贯穿全剧的核心，兴亡之感与儿女之情的矛盾就被淡化了。而如此将至情作为超越生死的力量来歌颂，实是对晚明文学精神的继承。

明清传奇由于篇幅不受限制，头绪纷乱、情节枝蔓是常见的现象，即如《牡丹亭》这样的杰作亦不能免。《长生殿》全剧长达五十出，在写李、杨爱情的同时，又用了相当大的篇幅写安史之乱及有关的社会政治情况，场面宏大、人物众多、波澜曲折，却组织得相当严密，丰富的内容始终层次分明地展开。剧中以李、杨爱情为主线，这条主线又以一组道具——李、杨作为信物的金钗、钿盒贯穿始终，随情节变化由合而分，由分而合，有很强的戏剧性。《长生殿》的曲词优美，也历来为人们所称道。

歌尽桃花扇底风

  孔尚任的《桃花扇》以复社（东林党后身）名士侯方域与秦淮名妓李香君的爱情故事为主线，描绘了南明弘光王朝由建立到覆灭的动荡而短暂的历史，从而也就写出了明王朝最后的崩塌。剧本的宗旨，作者说是"借离合之情，写兴亡之感"。剧中人物皆实有其人，作者并对南明基本史实做过深入的调查与考证，使得这一剧作具有较严格的历史剧性质。全剧以桃花扇这一具有象征意义的道具串联纷繁错综的情节，并以此命名。

  《桃花扇》完成于康熙三十八年，距明亡已有五十多年。清人的统治已完全稳定，由明亡所引起的悲愤和强烈的反清情绪也逐渐平静。但人们怀旧的心理依然很浓厚，特别是对许多文人士大夫来说，其生存价值原本依托于明王朝的存在，易代的事实使他们不能不产生一种人生失落的感觉。《桃花扇》正是顺应了社会心理的需要，通过描述危难动荡的特殊历史阶段的社会生活图景，抒发了巨大的历史变化在人们心中引起的深深的感慨。而《桃花扇》感动人心的艺术力量，正是源于这种对人的命运、人的生存处境的关怀。

作为一部反映重大政治事件的历史剧，《桃花扇》没有简单地将一切恶果归诸"奸邪"的罪过。剧中显示，南明王朝覆灭的不可避免，不仅由于弘光帝、马士英、阮大铖等人"私君，私臣，私恩，私仇"，复社文人的以"清流"自居、意气用事，史可法的才能短绌、缺乏果断，左良玉在清人大兵压境之际为了内部矛盾而起兵"清君侧"，都是导致南明覆灭的重要原因。明清易代对中国历史的演变趋向具有极大的影响，一部戏剧不可能充分地总结其中的原因。但《桃花扇》确实指出：当"末世"景象已经出现时，各种人物都被卷入了导向深渊的旋涡，谁也无从自拔。这是对历史较有深度的理解。

把爱情故事与重大历史事件结合来描绘并非始于《桃花扇》，但在两者的结合上，它要比过去任何作品都来得紧密。剧中男女主人公的悲欢离合，始终卷入在南明政权从初建到覆亡充满矛盾冲突的过程中，作者甚至有意避免对"情"做单独的描写。这正是为了突出"兴亡之感"，也就是突出个人与历史的关系。剧中一开始写李香君与侯方域由相互爱慕而结合，这种才士与名妓的爱情，是明末东南士大夫生活中最具浪漫色彩的内容。然而经过一系列的风波曲折，当侯、李二人于明亡后重新相会在南京郊外的白云庵，似乎可以出现一个团圆的场面时，却被张道士撕破以香君的鲜血点染成的代表着爱情之坚贞的桃花扇，喝断了这一段儿女之情：

> 阿呸！两个痴虫，你看国在那里，家在那里，君在那里，父在那里，偏是这点花月情根，割他不断么？

因为侯、李的爱情在剧中被赋予了浓厚的政治色彩，它的圆满性已经和南明的存续联系在一起，所以"国破"自然"家亡"，两人只能以各自出家为结局。

过去常有人强调《桃花扇》的反清立场或"民族意识"，这不符合剧作的实情。在孔尚任那个时代，清取代明的合理性是不容否认的，而另一方面，对个人曾经从属的王朝的"忠义"精神也是不容否认的。由于个人价值不能独立存在，那些跨越两代、毕竟还要在新王朝的统治下生活下去的士大夫，就面临了一种困境；而把历史的巨变解释为一场空幻，成为无奈的自慰。不仅是写侯、李的爱情，《桃花扇》全剧都弥漫着悲凉与幻灭之感。如《沉江》一出，以众人的合唱对殉国的史可法致以礼赞：

> 走江边，满腔愤恨向谁言？老泪风吹面，孤城一片，望救目穿，使尽残兵血战。跳出重围，故国苦恋，谁知歌罢剩空筵。长江一线，吴头楚尾路三千，尽归别姓。雨翻云变，寒涛东卷，万事付空烟。精魂显，《大招》声逐海天远。(《古轮台》)

这里使人感动的，不仅是英雄赴义的壮烈激昂，更是他的生既不能力支残局、他的死也不能于事有补的悲哀，终了只是"万事付空烟"。

《桃花扇》打破了习见的大团圆程式，成为古代戏曲史上唯一一部完整的悲剧，从而给读者或观众留下了更大的思考余地。这是因为作者看到了个人在历史变迁中的无奈和渺小。尽管作者未必是有意识的，但他确实触及了一个相当深刻的问题：在强调个人对群体的依附性的状态下，人一旦陷入历史造成的困境，人生悲剧便不可逃脱。

《桃花扇》背景宏阔，人物关系复杂，矛盾冲突激烈，规模却比《长生殿》略小。这是因为作者特别重视戏剧结构，全剧高潮迭起，剧情的展开始终很紧凑。从人物形象的塑造来说，女主角李香君给人的印象颇为深刻。作者将她放在政治斗争的旋涡中来刻画，并借以表达某种道德理想，有些情节不免夸张。但她的美丽、聪慧和勇毅的个性，还是显得颇有光彩。尤其是《守楼》一出香君血溅桃花扇，写她在强暴的外力压迫下宁死不屈，不仅是普通意义上所谓"忠贞"的表现，更闪烁着人格尊严高于生命的人性光辉。

余论

清康熙以后，随着社会思想转入沉闷，文人士大夫逐渐退出戏剧文学的创作。舞台表演是越来越繁盛，以"唱、念、做、打"为中心的舞台艺术也有很多发展；各种地方戏纷纷涌现，打破了昆曲主导舞台的局面；后来又在徽剧的基础上吸收各家之长，形成了京剧这一新的影响全国的剧种。但再也没有关汉卿、汤显祖了，也就不再有伟大的作品出现。

第四章 —— 小说天地

汉语中"小说"一词最早见于《庄子》，指的是琐杂而不合于大道的言论。而班固在《汉书·艺文志》中论小说家之书，又用"街谈巷语、道听途说"来概括，强调"小说"是带传闻性质的不甚严肃和不甚真实的东西。古人归在"小说"类的著作，面貌很是纷杂；而指一种著述为"小说家言"，常常是带有贬义的。

从传闻、非真实这层意义上来说，中国古代的"小说"概念和西语 fiction（小说）一词在根底上原本是相通的。人类正是从无意到有意，通过虚构的人物故事，来探究和想象生活。所以在古代泛义的"小说"概念之下，包容了作为虚构性叙事文学类型之一的小说。

而正因为在正统观念中小说不受重视，它表现人们的生活与情感，反而更少拘禁、更多自由。以现代的眼光来评价，真正能够代表古典文学后期成就的作品已经不再是传统诗文，而是在很多人看来"不入大雅之堂"的通俗小说了。

志怪与传奇

中国古代小说可以从语体区分为文言小说和白话小说两大系统。两者之间存在彼此影响和相互转化的情形，但总体来说，其发展过程、艺术特点都有明显不同。在文言小说系统中，主干是志怪与传奇。

神异的世界

在论析小说的起源时，人们通常会追溯到上古神话。从理论上说，这也是不错的。推想起来，上古神话作为口头文学流传时，应该有比较丰富的故事内容，但可惜以文字形态记录和流传下来的材料都非常简略，其文学价值受到削弱。

后世又形成一些新的神怪灵异故事，形成文字，就是通常所说的志怪小说。这种故事从泛义上说其实也是神话，它以幻想的方式解说人与外界事物的关系，同时表现生命的意欲。但志怪产生的年代较迟，已经不像上古神话那样，代表人们基本的世界观念和知识体系，因此也不具有系统性。

志怪小说在魏晋时代进入兴盛阶段（也有署名汉人之作，如题为班固作的《汉武帝故事》《汉武帝内传》，但是否出于伪托尚存争议），鲁迅认为这是缘于汉末巫风大畅和佛教传入的刺激。但更重要的原因，恐怕还在于魏晋时期社会思想比较活跃自由，人们对不那么正经的读物抱有较浓的兴趣。简而言之，魏晋志怪既是社会中神怪灵异传闻的记录，又是人们的好奇心理的表现；其中优秀的故事，更是体现了活跃的人生情趣。这类故事虽然情节比较粗略，却建立了中国文学一系列重要的母题，在后世创作中衍生了丰富的变化。

由于不受重视，古代小说非常容易散佚。两晋之际干宝著有《搜神记》，是汇集众书而编成的，因而成为魏晋志怪小说中具有集大成性质和最具有代表性的一种。它自身也经过散佚和重辑，但尚能大致保存原貌。

《搜神记》的内容很广，其中首先值得注意的是一些爱情故事。如《韩凭夫妇》写宋康王见韩凭妻何氏美丽，夺为己有，夫妇不甘屈服，双双自杀。死后二人墓中长出大树，根相交而枝相错，又有一对鸳鸯栖于树上，悲鸣不已。这故事与《孔雀东南飞》有很多相似之处。《吴王小女》写吴王夫差的小女紫玉与韩重相爱，因父亲反对，气结而死。韩重来墓前相吊，她的鬼魂将韩重邀入墓中同居三日，完成了心愿。这个故事对婚姻不能自主的社会规制表现了强烈的反抗，情调悲凉凄婉，而紫玉的勇毅与执着尤其令人感动。

《干将莫邪》则歌颂了人民对于残暴统治者的强烈的复仇精神。此故事原出于《列异传》，但《搜神记》所增饰的复仇情节尤为壮烈。故事写干将莫邪为楚王铸剑，三年乃成，被杀。其子赤比长大后，立志报仇。某日于山中遇一客——

> 客曰："闻王购子头千金，将子头与剑
> 来，为子报之。"儿曰："幸甚！"即自刎，两
> 手捧头及剑奉之，立僵。客曰："不负子也。"
> 于是尸乃仆。客持头往见楚王，王大喜。客
> 曰："此乃勇士头也，当于汤镬煮之。"王如
> 其言。煮头三日三夕，不烂。头踔出汤中，
> 瞋（踬）目大怒。客曰："此儿头不烂，愿王自
> 往临视之，是必烂也。"王即临之，客以剑拟
> 王，王头随堕汤中。客亦自拟己头，头复堕
> 汤中。三头俱烂，不可识别。乃分其汤肉葬
> 之，故通名"三王墓"。

文中写干将莫邪之子以双手持头与剑交与
"客"，写他的头在镬中跃出，犹"瞋（踬）目大怒"，
不但是想象奇特，更激射出震撼人心的力量。它以
悲壮的美得到鲁迅的爱好，被改编为故事新编《眉
间尺》。

追仿《搜神记》的志怪小说集有《搜神后记》，

题名为陶潜作。其中《白水素女》一则写谢端捡得一大螺，此后每日外出劳作，便有"天汉白水素女"自螺中跃出为其操持家务。后世"海螺姑娘"的故事出于此，"天仙配"的故事也由此演化而来，它代表了普通人对美好生活的幻想。

南朝刘宋宗室刘义庆主持编撰的《幽明录》体现了志怪小说的重要变化。此书记载的大多是新出的故事，并且多述普通人的奇闻异迹，虽为志怪，却有较浓厚的时代色彩和生活气氛。其文字比《搜神记》等显得舒展，也更富于辞采之美。如《卖胡粉女子》一则，写一富家子爱上一卖胡粉女子（胡粉是搽脸用的），为了看到她，每日都去买一包胡粉。后二人幽会时，男子"欢踊遂死"，女子因一时慌张而逃走。男方父母从儿子箧笥中积下的胡粉查到了她，告到官府。女子表示自己并非因为怕死才逃走，"乞一临尸尽哀"。当她抚尸痛哭时，男子复生醒来，二人遂成夫妇。这故事对男女主人公的私通行为表示赞美，除了死而复生的情节，完全没有神异色彩。这样的作品，已有脱离志怪而着重于人间生活的倾向。《幽明录》中一些离奇的故事也每每具有较浓的感情气氛。如《庞阿》一则，写石氏女爱慕美男子庞阿，身不得随，精魂常于夜间来庞家，最终二人结为夫妇。这是最早的一个离魂故事。

除外，较好的志怪书，还有十六国时王嘉原作、梁萧绮删订的《拾遗记》和梁代吴均的《续齐谐记》。

名士风流

在志怪小说流行的同时，魏晋以来还产生了一种专记名士言行的书，虽然所涉及的大多是显赫的历史人物，但所记事情，以反映人物的性格、精神风貌为主，作为史实来看，绝大多数无关紧要，在真实性方面也不是很严谨。这类著作也被列为小说一类，今人称之为"志人小说"或"佚事小说"。较早的有东晋中期裴启的《语林》和晋宋之际郭澄之的《郭子》。二书均已散佚。同类著作中唯一完整地保存下来、也是集大成的一种为《世说新语》，署名为刘义庆撰，但一般认为主要是由他周围的文人完成的。

《世说新语》分为德行、言语等三十六个门类，记述的人物事迹以东汉至东晋为主，尤重于两晋。这是中国历史上较为特殊的一段时期，社会动荡不宁，思想文化却异常活跃。当时的士族文人拥有特殊的社会地位和优越的文化素养，重视个人尊严和个性自由，崇尚智慧和艺术趣味，追求优雅的风度，成为士族阶层的风气。《世说新语》集中表现了这种时代文化特征。

> 王子猷居山阴，夜大雪，眠觉，开室，命酌酒。四望皎然，因起彷徨，咏左思《招隐诗》，忽忆戴安道。时戴在剡，即便夜乘小船就之。经宿方至，造门不前而返。人问其故，王曰："吾本乘兴而行，兴尽而返，何必见戴？"（《任诞》）

这就是王子猷"雪夜访戴"的故事。心情被自然所感动，兴致起来了，想做什么就做什么，这种自由放达而颇有诗意的生活方式，是当时人所推崇的。

顾彦先平生好琴，及丧，家人常以琴置灵床上。张季鹰往哭之，不胜其恸，遂径上床，鼓琴，作数曲竟，抚琴曰："顾彦先颇复赏此不？"因又大恸，遂不执孝子手而出。（《伤逝》）

吊丧在上层社会是非常隆重的活动，它有一整套的仪规。但对崇尚个性自由的名士来说，过多的程式会使感情僵化甚至陷入虚伪，所以宁可不顾礼仪，任由感情自然地宣泄。

《世说新语》和一般意义上的小说是不同的。它没有铺叙或过多的描写，善于用简洁隽永的文字，表现人物最富于意味的动作和语言，往往寥寥几笔即勾画出相当生动的人物神态。这种文字风格被称为"世说体"，深受后人的喜爱。

奇人与奇事

唐代文言短篇小说通称为"传奇"，它是中国古代小说成熟的标志。明人胡应麟说："至唐人乃作意好奇，假小说以寄笔端。"（《少室山房笔丛》）鲁迅《中国小说史略》更明确地指出，唐传奇与六朝志怪相比，"而尤显者乃在是时则始有意为小说"。"传奇"的字面意义就是情节离奇或人物行为不寻常的故事，在明、清南戏基础上发展起来的戏剧也叫"传奇"，这需要注意区分。

唐传奇早期的作品，还留有明显的六朝志怪的特征。如《古镜记》写王度得到一枚古镜用以制服妖精等灵异事迹，《补江总白猿传》写一个白猿怪化为人形劫掠妇女的故事。不过，比起六朝志怪来，这些小说情节更细致些。

传奇至中唐臻于极盛。首先在志怪传统中形成了新颖的爱情小说，它使传奇和志怪形成明显的区分。沈既济的《任氏传》就是这方面的代表作。故事写因贫穷而托身于妻族韦崟的郑六，邂逅狐精所化的女子任氏，娶为外室。韦崟本富贵而落拓不羁，爱任氏绝色，欲强行占有，而任氏终不屈服。韦崟为之感动，从此二人结为不拘形迹的朋友。后任氏被猎犬咬死。

《任氏传》是古代第一篇优秀的狐女故事。以往小说中的神怪形象，作者所强调的是其诡异的一面，而本篇中的任氏虽是个狐精，她的言行及情感都是充分人性化的，显得十分生动可爱。如任氏力拒韦崟的一节写道：

> ……崟爱之欲狂，乃拥而凌之，不服，崟以力制之。方急，则曰："服矣。请少回旋。"既从，则捍御如初，如是者数四。崟乃悉力急持之。任氏力竭，汗若濡雨。自度不免，乃纵体不复抗拒而神色惨变。崟问："何色之不悦？"任氏长叹息曰："郑六之可哀也。"

任氏的感叹，其实就是指责韦崟自恃有恩于郑六才敢如此霸道。韦崟不愿被她这样看待，表示谢罪，放弃了占有她的念头；而任氏知道韦崟深爱自己，在"不及于乱"的前提下同他保持了不同寻常的亲昵关系。这种深入人物心理的细腻描写，是以前的小说不曾有过的。

李朝威的《柳毅传》和《任氏传》有相似之处。

故事写洞庭龙女嫁泾河小龙，受到厌弃虐待，落第返乡的举子柳毅为之传书洞庭龙宫，龙女的叔父钱塘君飞赴泾川救回龙女，并做主将她嫁给柳毅。但柳毅因钱塘君的态度带有强迫的意味，遂严词峻拒。然柳毅与龙女实有相慕之心，所以龙女后来抗拒了父母让她再婚的安排，设法与柳毅结成夫妇。这篇小说有浓厚的神话色彩，同时又能刻画鲜明的人物形象。

元稹的《莺莺传》则是第一篇完全不涉及神怪情节、纯粹写人世男女之情的作品。故事概略在谈戏剧《西厢记》时已有简要交代，兹不赘述。小说中的张生对崔莺莺始乱终弃，又对自己的行为做出充满伪善气息的辩护，这是令人讨厌的。但作者将莺莺的形象描绘得十分动人。她端庄温柔而美丽多情，在犹豫中与自己所爱慕的男子冒险结合，而终于成为自私的男子的牺牲品。她的渴望和幽怨中，埋藏着深深的痛苦。由于这个故事包含着青年男女向往自由爱情、由彼此慕悦而自相结合的因子，在后来的文学中得到重大的改造而成为经典。

唐传奇中的关于男女之情的小说多写士子与妓

女的关系。这一方面与唐代城市经济发达、士人常流连于青楼的社会特点有关，另一方面也是由于"正常"的婚姻关系大抵并非因两情相悦而形成，所以文学中所表现的较为自由的恋爱反多在婚姻以外。这方面著名的作品有蒋防的《霍小玉传》和白行简的《李娃传》。

《霍小玉传》写沦落娼门的女子霍小玉与士子李益相爱，自知不能与之相伴始终，只求李益与自己共度八年欢爱时光，而后才另选高门。然而李益虽声称誓不相负，却很快就因奉母命定亲，销声匿迹。小玉求一见而不可得，以至卧床不起。后一黄衫豪侠强挟李益来见，小玉怒斥其负心无情，愤然死去。

霍小玉与李益立八年相守之誓，是在不幸的命运中想要抓住自己的生命的一种苦苦挣扎，然而这一点希望也被自己所爱的人破坏，使她坠入黑暗的深渊，这会令人感受到社会是何等不合理和无情。小说的悲剧性结局、小玉爱和恨都极端强烈的性格，都给人以强烈的震撼。它在反映生活的深刻性和表达感情的强度上，超过了其他同类题材的作品。

《李娃传》则有一个幻想式的大团圆结局。小说写天宝年间一位"荥阳公子"赴京应举时恋上娼妓李氏，资财耗尽后被鸨母设计抛弃，沦为唱挽歌的歌郎。被其父发现后，说他玷辱家门，鞭打至昏死而弃之。公子浑身溃烂，沦为乞丐。一天在雪中哀叫，李氏听到后悲恸自咎，自赎身而与之同居，勉励他读书应举。公子终于步入仕途，并与父亲相认，后渐至显达，李氏也被封为汧国夫人。

　　这篇小说艺术上具有相当高的成就。首先，它在虚构方面富于想象力，故事情节比以往任何小说都要复杂，波澜曲折，充满戏剧性的变化。它的结局完全是异想天开，但这也显然反映市井社会中人们的一种善良愿望和心理需要。而在展开这一复杂的故事时，小说的结构非常完整、叙述十分清楚，很能够吸引人。其次，虽然这篇小说的虚构性特别强，但在叙述故事的过程中，却有很多真实动人、描写细腻的细节，如关于东肆、西肆赛歌的描写，令人如见唐代城市生活的景象。这反映了小说作者构造具有真实感的场景的意识和能力。再有，主要人物李娃的性格也比较丰富。她开始参与对公子的欺骗是由其营生性质所决定，后来又把他从悲惨的境地中拯救出来，则显示了内心的善良天性。这种描写是有一定合理性的。

唐传奇中还有一类讽世主题的作品，以沈既济的《枕中记》和李公佐的《南柯太守传》最为著名。《枕中记》所写即"黄粱美梦"故事：热衷功名的卢生，在邯郸旅舍借道士吕翁的青瓷枕入睡，在梦中身历仕途风波，也实现了他"建功树名，出将入相，列鼎而食，选声而听，使族益昌而家益肥"的人生理想。一旦梦中惊醒，身旁的黄粱饭犹未蒸熟。他因此大悟，表示接受吕翁借此梦而施的"窒欲"之教。《南柯太守传》命意与《枕中记》略同，述游侠之士淳于棼醉后被邀入"槐安国"，招为驸马，出任南柯郡太守，守郡二十年，境内大治。孰料祸福相倚，先是与邻国交战失利，继而公主又罹疾而终，遂遭国王疑惮，被遣返故乡。这时他突从梦中醒来，方知前事皆醉梦中幻象，而所谓"槐安国"者，乃庭中大槐树穴中的一大蚁巢。因"感南柯之浮虚，悟人世之倏忽，遂栖心道门，绝弃酒色"。

上述两篇小说，中心完全是对现实的人生意义的思考，故事的奇异情节也主要起到使主题更为显豁的作用。它们一方面表现出佛道思想的所宣扬以俗世荣辱为虚幻的人生观，同时也反映出士大夫阶层中一些人试图疏离于群体生活及其价值观的愿望。

前面所介绍的传奇名篇都出于中唐。晚唐时期传奇创作稍显衰退，但却有一种新的题材兴起，就是豪侠小说，其中最著名的为《虬髯客传》。此篇旧题杜光庭作，近年研究者多认为它原为裴铏小说集《传奇》中的一篇。

小说写隋末天下纷乱，权臣杨素的宠妓红拂私奔李靖，又在客店中遇到意在图王的"虬髯客"，与之结为兄妹。后来虬髯客见到"李公子"即李世民，知其"真天子也"，遂将资财尽赠李靖夫妇，脱身远去，后在海岛称王。这是一篇艺术性很强的作品。首先它描绘人物极富英雄气概，如红拂一侍女耳，视权重天下的杨素为"尸居余气"，见李靖可嫁，便夜奔叩门；虬髯客虽自知不能胜过李世民，也绝不愿俯首称臣，为其驱使。这种文学形象作为平庸人生和卑琐人格的反面，代表着人们对于自由豪迈的人生境界的向往，有其独特的感染力。同时，所谓"风尘三侠"，各有其个性和风采，在彼此映衬中更显得生气勃勃，这也是很好的构图式的配置；而小说于英雄豪迈之气中，穿插儿女之情的旖旎，读来尤觉深有情趣。

裴铏《传奇》中另有《昆仑奴》，写一老奴武艺高强，为其少主窃得他所爱的豪门姬妾，使二人如愿以偿；《聂隐娘》写聂隐娘自幼为一女尼携去，习得武艺近于神异，后世武侠小说实滥觞于此。这类小说中的人物不仅技艺超群，行止亦不循常规，难以常情揣测，显示出想象世界中人生的奇妙，给人以阅读的快乐。另外袁郊的《甘泽谣》中有一篇《红线》，也有近似的趣味。

恋爱很不容易

宋代的文言小说大体是六朝志怪和唐传奇的余波，数量不算少，但文采和想象力都比较薄弱，成就有限。比较有特点的是一些关于官闱传说的故事，如秦醇的《赵飞燕别传》，写汉成帝的宠妃赵飞燕；托名颜师古的《大业拾遗记》和无名氏的《海山记》

《迷楼记》《开河记》，记述隋炀帝荒恣失政的事迹；乐史的《杨太真外传》，述唐玄宗与杨贵妃的故事。这些小说大多带有政治批判的色彩，但写作的主要动机，其实是迎合普通人对奢靡的宫廷生活的猜想。

元代文言小说更见衰落，但却出现了一部小说史上非常特别的作品——《申王奇遘拥炉娇红记》，简称《娇红记》。它的作者不太清楚，或署为虞集著，或署为宋梅洞著。这篇小说长达一万七千余字，在文言小说中是空前的。

这篇小说的情节既不新奇，也算不上复杂：书生申纯至其舅父王通判处做客，与表妹娇娘相恋，以至私通。申生后请媒人至王家求亲，遭到王通判的拒绝。其后申纯考取进士，王通判也同意二人结合，但帅府的公子得知娇娘美丽，前来求亲，王通判又把娇娘许给了他。见事已无望，娇娘遂绝食而死，申生亦自缢身亡，二人死后成仙。

《娇红记》以简单的故事形成如此宏大的篇幅，是因为作者对故事发展过程写得十分深细；它的情节之曲折，细节之丰富，描述之细腻，都是过去的文言小说从未有过的。举例来说，单是写二人从相识到确定彼此的爱情，就约有四千字，作者通过一系列琐细的事件，来呈现他们怎样互生好感、相互试探、逐步走近，直至两颗年轻的心热烈地融合在一起。在这以后，转入二人为维护自己的爱情而与压迫势力反复的抗争，也同样是委曲周至。

这种写法其实已经包含了对小说的一种理解：小说不仅要叙述一个完整的故事，而且需要虚构活生生的生活场景；不仅要写出人物的行动，而且要深入人物的心理。唯有如此，小说才能真正发挥其艺术上的优长，通过想象表现人的生活意欲与环境的矛盾，使读者在虚构的真实中不知不觉地受到感染。就此而言，《娇红记》已开了《红楼梦》的先河。

但也正是因为这种努力，暴露了《娇红记》不可克服的缺陷。文言是一种与日常生活语言脱离的书面语，适合写简洁而精致的小说，但是做十分细腻的描述时，由于阅读和心理反应不能同时完成，它产生了一种抵抗力，使读者无法沉入到小说的虚构世界中去。在此情况下，语言反而显得冗杂累赘。由此我们也可以看到：中国古典小说朝着白话方向转化，从表层原因看是由通俗性的需要造成的，从深层原因看，实际是由小说艺术自身的特点决定的。

迷人的狐鬼

从晚明到清中期，记述鬼怪灵异故事的文言小说在文人士大夫中甚为流行，既表现奇思异想，也借以抒发幽怀。到蒲松龄的《聊斋志异》，将这一趣味发挥到极致。

蒲松龄是个才华卓杰而运气极坏的人，在科举场上考到老也没能中举，长期在官宦人家教私塾糊口。大致从中年开始，他一边教书一边写作《聊斋志异》。这部短篇小说集是志怪与传奇体的混合，总共近五百篇作品中，约有半数为不具有故事情节的各类奇异传闻的简单记录，另一半才是真正意义上的小说，多为涉及神鬼、狐妖、花木精灵之类的奇异故事。

由于作者一生受尽科举之苦楚，与此有关的故事总是饱含其内心的辛酸与愤怨，给人以深刻的印象。如《三生》篇写名士兴于唐被某考官黜落，在三世轮回中与该考官的后身为仇，这种永不能解的怨毒，正是蒲松龄自身心态的反映。然而，蒲松龄同时却又是一个感情丰富、极富于幻想的人，在幻想的世界中，他的幽塞晦暗的心灵得到了解放，许多像梦境一般美丽的狐鬼与人相恋的故事便由此而产生。像《娇娜》《青凤》《婴宁》《莲香》《阿宝》《巧娘》《翩翩》《鸦头》《葛巾》《香玉》《绿衣女》等，都写得十分动人。这些小说中的主要形象都是女性，或憨直任性，或狡黠多智，或娇弱温柔，但大抵都富有生气。因为她们是狐鬼花精之类，无法以礼教的准则来约束，也不像世人有很多利害的计较，所以在感情生活中她们大多采取主动的姿态而少有畏惧，她们对情人的选择也只听从感情的支配。总之，她们是甚少受到人间文明法则污染的一群。而《聊斋志异》长期以来为人们所喜爱，也主要是因为这一类故事。

当然，所谓狐鬼花精之类只是作者对人间女性的梦想借着伦理疏隔而化出的幻影。而《聊斋志异》故事的格外动人之处，就在于能够在匪夷所思的幻想中表现真挚的情感；而且，真实的人情和生活经验在奇异的情节中由于变形而显得尤为鲜明。如《绿衣女》写于生读书于深山旧寺中，忽有女子飘然而至，"绿衣长裙，婉妙无比"，两相欢爱，后此女夕不至。一夕共酌，于生发现那女子妙解音律，请她为自己作歌曲演唱：

（女）遂以莲钩轻点足床，歌云："树上乌臼鸟，赚奴中夜散。不怨绣鞋湿，只恐郎无伴。"声细如蝇，裁可辨认。而静听之，宛转滑烈，动耳摇心。

歌已，绿衣女忽然变得满心疑惧，并伤感地说："妾心动，妾禄尽矣。"至晨将去，乞于生相送出门——

（于）方欲归寝，闻女号救甚急。于奔往，四顾无迹，声在檐间。举首细视，则一蛛大如弹，抟捉一物，哀鸣声嘶。于破网挑下，去其缚缠，则一绿蜂，奄然将毙矣。捉归室中，置案头，停苏移时，始能行步。徐登砚池，自以身投墨汁，出伏几上，走作"谢"字。

频展双翼，已乃穿窗而去。自此遂绝。

绿衣女子原来是一只蜂儿所化。她那微弱的生命被强暴的外力所窥伺着，却不顾危险，仍然要获得哪怕短暂的欢爱。在这缥缈的故事中，哀伤的诗意令人难忘。

《聊斋》的语言也颇有特色。它用简洁而优雅的文言叙事，而人物的对话虽亦以文言为主，但不仅较为浅显，有时还巧妙地融入白话成分，以摹写人物的神情声口。像《翩翩》写仙女翩翩收留了落魄浪子罗子浮，以树叶为情郎制作锦衣。某日有一位"花城娘子"来访，罗二度偷戏花城，他的衣衫均变回片片黄叶，当场出丑——

花城笑曰："而家小郎子，大不端好！若弗是醋葫芦娘子，恐跳迹入云霄去。"女亦哂曰："薄幸儿，便直得寒冻杀！"相与鼓掌。

写二女相为戏谑的口吻，十分灵动。这故事也非常有趣。

白话短篇小说

"说话"与话本

白话小说起源于民间说书艺术——古称"说话"（"话"是故事的意思）。

说话在唐代就已流行，经常性的表演场所主要在寺院，和佛教的宣传活动结合在一起。说话人也会被召请到官苑和官员的府邸，犹如近世艺人唱"堂会"。如段成式《酉阳杂俎》记载，他弟弟生日时请来的"杂戏"表演中，就有"市人小说"即民间说话。元稹《酬翰林白学士代书一百韵》诗，在"光阴听话移"一句下有一条自注，说他曾在白居易家中听人说《一枝花话》（或认为白行简的《李娃传》系据此改编）。

到了宋代，说话和杂剧都是城市娱乐场所瓦舍中主要的演出内容。宋代说话据记载有四家，最重要的是"小说"和"讲史"两家。小说是一次就能说完的短篇故事，讲史则要连续讲好多次。说话人所使用的底本就叫作"话本"。因为在表演过程中会有很多增饰、发挥，原始意义的话本大概只是粗略的梗概。后来有人把这种话本加以整理，成为书面读物，便是话本小说。"小说"类话本为短篇小说，"讲史"类话本形成了长篇小说。

但白话要成为成熟的艺术语言，还需要长时间的洗汰和锤炼。最终因为有了富于创造性天才的作家的加入，才形成优秀的白话小说。这种小说虽然还保存了源于说话的痕迹，但其性质已是纯粹的文学读本了。

早期的白话短篇小说

唐代的话本小说原已散失殆尽，近代在敦煌石窟中又重新发现了《庐山远公话》《韩擒虎话》《叶净能话》（原题"话"讹为"诗"）及《唐太宗入冥记》等几种。这些小说的语言文白相杂，口语的成分已经相当多。以现存的资料而言，可以说代表了中国民间通俗小说最初的形态。

《叶净能话》以八个小故事缀连而成，情节新奇有趣，语言浅俗通顺。其中既写到叶净能惩处占人妻女的岳神和祟人女儿的妖狐，又写到叶净能依仗法术霸占玄宗宠爱的宫女，显示民间文学在道德观上不那么讲究的态度。《韩擒虎话》写隋代武将韩擒虎灭陈等事迹，虽然在大背景上有所依托，具体故事的描述则全出于虚构与想象，情节稚拙而生动，体现了民间对历史和历史人物特殊的理解方式，后世的历史演义小说于此一脉相承。

唐代话本小说留存数量有限，艺术上也较粗糙，但表现出的想象力颇为活跃。在小说史的研究上，它有着重要的价值。

宋元小说类话本的情况比较复杂。在冯梦龙所编"三言"中，有些篇注明为"古本"或"宋人小说"，并且写得非常出色。但多方面的研究证明，"三言"在收录早期小说时，有很大程度的改造，已不能看作是宋元的作品。我们只是可以通过这些故事的情节，大概推想原作的趣味。

这里仅以标注为"宋人小说"的《崔待诏生死冤家》为例。小说中的璩秀秀是咸安郡王府的婢女，爱慕上府里玉雕巧匠崔宁。一日府中失火，秀秀主动提出和崔宁趁乱逃走，做一对好夫妻。后来事情败露，秀秀被抓回打死，她的鬼魂仍不甘心，再度回到崔宁身边，假称被放回，两人仍旧恩爱度日。久后又被王府的小军官撞见，秀秀在报仇之后，将崔宁也带走，跟她做"鬼夫妻"。在这篇小说中，秀秀为了追求爱情，义无反顾、生死不渝，那种强烈的性格是传统文学中非常罕见的。

从其他途径流传下来的宋元小说，比"三言"所收的文字要显得粗朴，当是更接近原貌。这主要有在钱曾《述古堂藏书目》及《也是园书目》中作为"宋人词话"著录而为《清平山堂话本》所保存的《简帖和尚》《西湖三塔记》《柳耆卿诗酒玩江楼记》《风月瑞仙亭》《合同文字记》五篇。不过这几篇到底是宋代还是元代的，存在不同看法，人们常泛称为"宋元小说"。

这些小说结构、描写都比较粗糙，而情节大多离奇，这可能是因为接近于说话人的原始底本。另一显著特点是富于市井趣味，而在道德观上常是马马虎虎。像《简帖和尚》写皇甫殿直因受骗误以为妻子跟别人有私情，将她休了，后来在相国寺遇见她与新丈夫在一起，却又同她彼此凝视，内心很留恋；及至知道自己原是被骗，又和妻子重圆。这里包含着市井民众的人情味。当然市井趣味也可能是粗鄙的趣味。如《柳耆卿诗酒玩江楼记》写柳耆卿做余杭县宰，喜欢上妓女周月仙却被拒绝，遂命一舟子对她施暴，然后又在酒宴上当周的面歌唱她被辱后所作的诗，令她羞愧惶恐。对这种恶劣的行为作者并不持指责态度，而是让周月仙就此被"征服"，甘心侍奉耆卿。作者显然并不拿现实生活的规则来要求小说中的人物，而只是在投合读者（听众）的某种潜在欲望。

璀璨的"三言"

"三言"是晚明文学家冯梦龙编著的三部白话短篇小说集——《喻世明言》(原名《古今小说》)、《警世通言》、《醒世恒言》——的合称，各四十种，共计一百二十篇。

过去因为误认为伪造的《京本通俗小说》确实保存了宋元话本小说的原貌，导致对"三言"的理解和评价都有偏差。现在可以清楚地看到，只有到了"三言"中，才出现用纯熟的白话写成的堪称精致的短篇小说，它们代表着中国文学崭新的成就。

"三言"素材的来源是多样化的：一部分是对旧有话本的改编，大多数篇目则是根据前人笔记小说、传奇、历史故事以及当时的社会传闻写成。这些小说虽然仍有模仿话本的痕迹，常用"说话人"的口气来叙事，但作者对文本的语言相当重视，完全不是将之作为"说话"的脚本来看待。

通俗文学本质上以娱乐为目的，却往往喜欢标榜以道德教训为宗旨，这是一种掩饰。"三言"用"喻世""警世""醒世"作书名，原因在于此。至于说到小说真实的思想与趣味，则难以简单概括——因为素材来源广泛，涉及不同社会阶层的各种类型的人物，而参与编著的，亦恐非冯梦龙一人。但其中的优秀之作，则有近似的引人注目的特点，就是关注普通市井人物的生活与欲望，要求尊重人的感情，肯定人们按照自身意欲追求生活幸福的权利。

"三言"中有许多出色的恋情故事。《卖油郎独占花魁》写花魁娘子莘瑶琴作为一个名妓，周旋于公子王孙之间，在奢华的生活中感受到的却是人格的屈辱；而在卖油小商人秦重那里，她才得到近于痴情的爱和无微不至的体贴，终于，她选择跟随秦重去过一种相濡以沫的朴实生活。这是一个关于美丽与善良的温情故事。而在《杜十娘怒沉百宝箱》中，则严厉斥责了贵公子对感情的背叛。小说中李甲与京师名妓杜十娘相恋，因为深恐不能见容于身居高位的父亲，在返乡途中同意将十娘转让盐商孙富。按照传统道德标准，他抛弃一个妓女以求父亲的欢心，算不上什么过错，但在本篇中，李甲的背叛却被视为严重的不道德行为。十娘当众将自己暗藏的无数珍异宝物抛入江中，怒斥孙富与李甲后投江而死的行动，成为对这种背叛行为最大的蔑视和最激烈的抗议。

《蒋兴哥重会珍珠衫》一篇更有特别之处。故事写年轻商人蒋兴哥与妻王三巧感情很好，但在兴哥外出经商时，三巧却被另一商人陈大郎骗奸，事后且相爱不舍。蒋兴哥得知情由，不得不与之离婚，心中却十分懊丧。经一番波折后，二人终因旧情难舍而重归于好。这一故事所表明的生活观念非常值得注意。在旧礼教中，妇女因贪于情欲而"失节"是极大的罪恶，绝无可恕。从《水浒传》等小说杀戮"淫妇"的情节，人们能够意识到它的严重。但在《蒋兴哥重会珍珠衫》中，三巧的形象始终是可爱的，从未被涂污；关于他们夫妇从离婚到复婚过程中心情的描写，实际是认为妇女"失节"并非不可饶恕的罪恶，在"失节"的同时夫妻相爱之情仍然存在。这种对人性的坦诚而平实的看法，对"失节"妇女同情而宽容的态度，实实在在表现出人本主义的光彩，它在中国古代文学中极为难得。

本篇据同时代人宋懋澄所著文言小说《珠衫记》改写而成，篇幅约当于原作十倍，在表现白话小说的优长方面也很特出。它的语言完全不含原作的文言成分，细节非常丰富，人物心理活动的描写也较为充分，人物的个性显得鲜明而丰满。如写蒋兴哥在归途中得知妻子与人私通后的情形，将原作仅"货尽归家”四字的交代，扩充成相当长的一段。先是写他“想了又恼，恼了又想，恨不得学个缩地法儿，顷刻到家”，待将要到家，却伤神堕泪，想起往日夫妻何等恩爱，指责自己不该“贪着蝇头微利，撇他少年守寡，弄出这场丑来”。原本巴不得立刻到家，“及至到了，心中又苦又恨，行一步，懒一步”。兴哥又恼又恨又悔的心情，表现得既真实又细致，这是文言小说几乎无法做到的。

欲望的世界令人惊奇

　　明末凌濛初编撰的《初刻拍案惊奇》《二刻拍案惊奇》，与“三言”并称为“二拍”，各四十篇。

　　“二拍”中已不再有改编旧传话本之作，而完全是作者据野史笔记、文言小说和当时社会传闻创作的。在表现市民社会的生活气氛方面，“二拍”较之“三言”显得更强烈。小说中写人生之否泰变化、商业冒险、恩怨相报及私情、诱拐、骗局、劫夺，形形色色，诚为无奇不有。全书的思想观念也相当混杂，常有因果报应之类的道德说教。但总的来说，它所反映的是一种为欲望所鼓动的热烈而纷乱的生活。作者的人生观与"存天理，灭人欲"的陈腐观念是格格不入的。书中直接攻击朱熹的《硬勘案大儒争闲气》显然是有意之作，写他因挟私嫌于唐仲友，为了编织罪名，肆意迫害妓女严蕊，滥用刑罚。作者有意把朱熹与严蕊对照来写，大儒被描绘成十足的小人，妓女却是"词色凛然"，令人"十分起敬"，甚至说："这个严蕊乃是真正讲得道学的。"这故事原出周密《齐东野语》，但并非史实。小说对朱熹的攻击其实是表达了对作为官方意识形态的程朱理学的极大厌恶。

"二拍"中不少故事反映了商人的经济活动和追求财富的人生观念。像《转运汉遇巧洞庭红》《叠居奇程客得助》，均以欢快的文笔描述商人的奇遇，撇开其神奇的成分，实际是赞赏敢于冒险求财富的人生选择。

作为通俗读物，私情也仍然是"二拍"中最重要的主题。与"三言"相比，"二拍"的私情故事中有更多的关于情欲的描写。无疑在这里有书商所需要的迎合市民粗俗趣味的成分，但每每也由此散发出追求幸福的狂野气质，如《闻人生野战翠浮庵》写杨氏女自幼被骗入尼庵，后爱上书生闻人嘉，便假扮和尚出走，在夜航船上主动招惹闻人，最后得成完美婚姻。作者对此评述道："这些情欲滋味，就是强制得来，原非他本心所愿。"而人的"本心所愿"，在许多故事中都是主人公行动的合理根据。

论艺术水准，"二拍"较"三言"为粗直。它的语言也算老练，但总不够细腻，在人物心理活动的描绘方面更嫌简单。所以像《蒋兴哥重会珍珠衫》《卖油郎独占花魁》这样全篇精雕细琢的佳作在"二拍"中是找不到的。

白话长篇小说

　　白话长篇小说最初是从讲史类话本演变而来的。宋代说话中，说"三分"即三国历史和说五代史是最受欢迎的节目，因为这两个时代都是"乱世"，也是枭雄人物际会风云、大有作为的时代，他们的故事容易引发听众的兴奋。今存元刊《五代史平话》和《三国志平话》，可能都是源于宋人说话的底本。元末明初的罗贯中著《三国志通俗演义》（简称《三国演义》），在讲史话本的传统上做出创造性的发展，成为中国古代第一部优秀的长篇小说。

　　之后很快就有了非讲史性质的长篇小说，像缀合众多水浒故事而形成的《水浒传》和从唐僧取经传说发展成的《西游记》。

英雄竞逐的历史长卷

  三国历史与人物向来就是文人诗词咏唱的对象，有关故事也很早就流传于民间。晚唐李商隐的《骄儿诗》说到他年幼的儿子能够模仿张飞、邓艾，可见那时已有艺人说三国故事。苏轼《东坡志林》也记载了"涂巷中小儿"顽皮讨嫌，家中给了钱让他们听人说三国故事的情形。

  宋代说话中，"说三分"成为专门科目，显示了一种特殊地位。但从民间说话中并不能直接产生优秀的文学，现存《三国志平话》不仅文字粗糙简略，而且史实多有谬误。《三国演义》的出现，标志着中国古代小说发展到了新的高峰。虽然我们对作者罗贯中的情况不太清楚，从仅有的零散资料中，只能知道他的生活年代主要在元末，但小说本身显示了他对史料高度熟悉，运用自如，又善于巧妙地穿插民间传说的内容，展开宏大的叙事。这表明罗贯中具有相当高的文化素养。总之，和元杂剧一样，长篇小说的发展也是优秀文人的才华与民间艺术活力相结合的结果。

《三国志通俗演义》现存最早的版本刊于明嘉靖元年，清康熙年间，毛纶、毛宗岗父子对此书做了加工整理，以简称流行。

关于三国的历史，主要是在宋代形成了一种以蜀汉为"正统"的评价，这也影响到民间流传的三国故事。《三国演义》承袭了这一倾向，显示出尊刘贬曹的基本态度。但没有必要过分认真地看待《三国演义》的道德意识，它虽然提供了作者叙事所需的立场，而小说的文学活力与之并无多大关系。只要想到小说中写得最为血肉丰满、令人难忘的人物竟是"汉贼"曹操，就能理解这一点。

《三国演义》真正吸引读者的，是它在一个宏大的叙事结构中描绘了极其壮阔的、波谲云诡的历史画面，描绘了从秩序崩溃到秩序重建的过程中各种力量的相互冲突、分化组合，而作者尤其关注的，是人在历史中的欲望与行动。作者几乎无法抑制他的英雄主义观念，常常把自己织就的道德薄纱抛弃不顾，不拘在政治上属于哪一方，只要是具备勇敢、智慧、尊严、毅力这些高贵气质，即显示出生命力量的人物，都得到热情的赞颂。在这样的历史斗争中，弱者和愚者被毫不留情地逐出，不管其本来的身份多么高贵（如可怜的汉皇室），原有的势力多么强大（如袁绍、袁术兄弟）。

小说中虚构成分最多的"赤壁之战"故事是很好的一例：这场决定三国鼎立之势的关键性战争，在《三国志》中仅有简略的记载，作者将之铺排为整整八回的篇幅，写得波澜壮阔、高潮迭起，始终充满戏剧性的变化。而三方主要人物，都被当作英雄来描写。曹操横槊赋诗时的自我陶醉和几分苍凉，诸葛亮游说东吴的深察人心与从容不迫，孙权不甘屈服于强敌、断案立誓的激动，周瑜设计诱敌的才智和机敏，无不给读者留下深刻印象。历史在这里被描绘成英雄展示其生命激情、意志与才华的舞台。

作为中国第一部长篇小说，《三国演义》也建立了中国文学的第一座人物长廊。虽然，《三国演义》写人物的笔墨还不够细致，人物的性格层次也不够丰富，但各种具有鲜明个性差异的人物形象相互对照，彼此映衬，仍然给人以强烈的印象。

　　进一步说，《三国演义》所写个别重要人物，作者还是注意到了其品格的复杂性。如曹操就是突出的例子。关于的曹操的多种史料原有相互矛盾之处，这在小说中被处理成可以理解的多面化人格。他一出场就被称赞为"好英雄"，却又不断在道德上受到指斥；他常常是豪迈而果断的，却又有多疑的一面；他通常气度恢宏，却也屡有心胸狭隘的举动。曹操实是中国文学中第一个性格丰富，而且具有很大的阐释空间的形象。不管是否喜爱，这一文学形象总是会引起读者深切的关注。

　　《三国演义》使用的是一种文白相间的语言。之所以如此，可能因为作者常需在书中直接引用史料，如用纯粹的白话就难以谐调；也可能因为白话作为文学语言在当时尚未充分成熟。但不管怎样，它还是体现着小说语言的演化趋势。

　　长篇小说的出现，显示了一种新的文学意识：需要以宏大的眼光，在广阔的时空范围和复杂的人物关系中理解人类的生活。这背后根本的动力，是人对自我存在的关心。无疑的，我们可以说《三国演义》是中国文学发展史上具有划时代意义的作品。

好汉意气慷慨

　　《水浒传》有一点历史的影子：北宋曾经真实出现过一支以宋江为首的反叛武装，而且一度形成相当大的声势。不过，关于这支武装的活动情况，《宋史》等史籍的记载非常简略。而后宋江等人的事迹演变为民间传说。今存宋元说话的名目中，有"青面兽""花和尚""武行者"等；元代《大宋宣和遗事》一书中，已经简略而有系统记述了水浒故事的若干重要内容；元杂剧中也有相当数量的水浒戏。长篇小说《水浒传》正是汇合以前各种水浒故事编写而成的，是一种"滚雪球"过程的最终结果。至于小说中的人物和故事，可以说全出于虚构。

　　据明嘉靖时高儒所撰《百川书志》，《水浒传》的原作者为罗贯中，而经过施耐庵的重大修改。施生平亦不详，仅知他是元末明初人，曾在杭州生活。《水浒传》的版本问题非常复杂。简单地说，现在知道《水浒传》最早的刊本出现在明嘉靖年代，原貌应该是一百回，后来又出现了一种一百二十回本；明末金圣叹将《水浒传》砍到梁山大聚义为止，成为七十回本，是流行版本。

《水浒传》有一个特殊的主题：它歌颂了一支反叛性的武装。在古代常态的社会中，作为一部公开印行、面向大众的读物，它怎么能够建立自身的道义立足点呢？这就要注意到梁山上一杆绣着"替天行道"四字的杏黄旗。所谓"替天行道"包含着这样政治理论："天"作为最高意志，决定并委托君主维护人世间的正当秩序。当君主和政府失职时，便意味着"天道"不彰。这时民间的力量出来"替天行道"，就是合法的行动。但这又并不意味着彻底造反，要求革命——通过改朝换代来更改天命，而是在山寨中帮助皇帝，使政权的行为回到"天道"所要求的轨道——用阮小五唱的歌词来说，是"酷吏赃官都杀尽，忠心报答赵官家"。

"替天行道"是理想，也是对梁山反叛行为的道德掩饰。在这面大旗下，作者可以放肆地描述梁山好汉们痛快淋漓的生活。明末有一种将《水浒传》与

《三国演义》合刻的本子，称为《英雄谱》，这道出了两书最基本的共同点。但《三国演义》所写的大多是历史上的著名人物，属于社会上层，《水浒传》中人物则多属于社会中下层，是平民英雄。这些人物形象更直接地反映着市井社会的趣味。

梁山聚义始于晁盖等人劫夺生辰纲。而事前吴用劝阮氏三兄弟入伙，目标首先不是反政府，而是"大家图个一世快活"。而"大块吃肉，大碗喝酒，大盘分金银"，几乎是梁山好汉的口头禅。这种平民化的豪放而粗俗的语言，表达了对通过占有物质财富而获得自由快乐的生活的向往。把口腹之欲与恣肆的自由浪漫精神结合在一起，这在鲁智深大闹五台山的故事中演示得堪称轰轰烈烈。因为避祸而不得已做了和尚的鲁智深耐不得寺庙里寡淡的禁欲生活，下山喝得烂醉，而后怀揣一条熟狗腿上得山来，打坍了凉亭，砸碎了金刚，追着打着逼和尚吃肉吓得满堂和尚惊散。把人的世俗生活欲望写得如此慷慨豪华是《水浒传》不同凡响的地方。

诸多好汉被逼上梁山是因为世道不公、正义不彰。而作为英雄人物，在遭受压迫时生命的力量由聚敛而爆发，格外惊人。武松欲为兄申冤，却状告无门，于是拔刃雪仇，继而在受张都监陷害后，血溅鸳鸯楼；林冲遇祸一再忍让，被逼到绝境，终于复仇山神庙，雪夜上梁山；解珍、解宝为了索回一只他们射杀的老虎，被恶霸毛太公送进死牢，而引发了顾大嫂众人劫狱反出登州……这些都是《水浒传》中壮丽的故事。肯定复仇的权利，赞美复仇的行为，构成《水浒传》的一大特色。

与不能忍受自身受欺凌相应，不能忍受他人尤其弱者受欺凌，也是英雄气质的表现。鲁智深为了与己无干的金翠莲拔拳打死了郑屠，从此由军官而流落江湖；武松宣称"我从来只要打天下硬汉不明道德的人"，他痛打蒋门神，为施恩夺回快活林，也是因为对方恃强凌弱。如果说这些行为伸张了正义，那么它首先是伸张了好汉的意志，并由此对权力秩序发出狂烈的挑战。

好汉行走"江湖"的故事，常常和黑社会相关联。《水浒传》不少地方以轻松甚至是欣赏的笔调描述好汉们的野蛮暴力，诸如张青夫妇开黑店宰杀旅客做人肉馒头之类，未免令人反感。但尽管有这些缺陷存在，尽管对"正义"的确认有种种矛盾，《水浒传》的主体仍然是试图在某些具有新鲜意味的正义原则下赞美生命的自由与快乐。普通人的日常生活终究是平庸的，人们不能不忍受它而又无法不感到烦倦。梁山好汉却是另一种人物，他们是传奇式的理想化的，在他们身上表现出的个性、力量、情感的奔放，给人以生命力舒张的快感，使读者获得很大的心理满足。

《水浒传》是文学史上第一部用纯粹的白话写成的长篇小说。就"绘声绘色""惟妙惟肖"而言，其效果是文言所不可能达到的。运用这种语言的优势，《水浒传》塑造了一系列生气勃勃的人物形象：像武松的勇武豪爽，鲁智深的嫉恶如仇、暴烈如火，李逵的纯任天真、戆直鲁莽，林冲的刚烈正直，无不栩栩如生。有时就连着墨不多的次要人物，也写得十分好看。像杨志卖刀所遇到的牛二，那种泼皮味道真是浓到了家。金圣叹说书中"人有其性情，人有其气质，人有其形状，人有其声口"（《〈第五才子书施耐庵水浒传〉序三》），不算是很夸张。

不过，这里还有一个有待深入研究的问题：在元末明初，找不到像《水浒传》一样用纯熟的白话写成的其他作品，所以我们现在读到的《水浒传》，很可能在嘉靖年代刊行时再一次经过重大修改。但即便如此，它也早于另一种优秀的白话小说"三言"。可以说，有了《水浒传》，白话文体在小说创作方面的优势得到了完全的确立；就此而言，它堪称里程碑式的作品。

快乐的取经路

　　和《水浒传》一样，《西游记》也是经过长期累积形成的。它最初的源头是唐僧玄奘只身赴印度取经的史实。遥远的地域，奇异的风光与习俗，冒险的历程，坚忍的精神，这些元素都很适合成为文学的材料。于是逐渐形成了众多脱离史实、驰骋想象的取经故事。

　　宋元以来，戏曲、小说写到取经故事的作品很多，取重要的例子来说，小说有元刊话本《大唐三藏取经诗话》，杂剧有元末明初杨景贤的五本规模的

《西游记》，均存世。还有一种已失传的元代小说《西游记》，根据残存的零散资料推断，它已具备了今传百回本《西游记》的基本骨架。

我们现在读到的这部《西游记》，大概完成于嘉靖中后期，现代排印本将作者署为吴承恩，但对此学术界有重大争议。

取经故事的主角，照理说应该是唐僧。如果是那样，小说的气质将是另一种样子，它难免会有更多的宗教气息，会变得更严肃一些。这显然不符合以市井民众为主的读者的口味，他们读小说首先是为了消闲和娱乐。经过长期演变，结果是孙悟空占据了故事的中心地位。甚至，开始七回只是这猴王独自的表演。而后在取经路上，再有一头猪怪加入进来，增添了无穷的趣味。

《西游记》的故事完全是在幻想空间中展开的，重要的角色除了那个唐僧，全是神佛妖魔之类，作者有充分的自由来发挥他的想象力。但是，如果这种异想天开的故事不具备人性的基础，就会偏向怪诞。《西游记》的作者是豁达而富于智慧的，对人性有着透彻的理解宽容的态度。他用诙谐和戏谑的笔调写这些离奇的神话，内涵却并不浮浅，小说的内容让人可以从多种角度去阐释。

在取经启程以前，孙悟空的故事极富于童话气息。他是个谁也管不着的精灵，天上地下地闹，把整个世界的秩序搅得一塌糊涂；他在花果山上自在称王的日子，无法无天，欢欢喜喜。这一系列描写，是对恣野的人性摆脱一切束缚而获得彻底自由的天真想象。然而就人性的现实处境而言，约制的力量永远大于获得自由的能力，所以猴王终于被天界秩序的维护者所镇压，被引导到无上崇高的佛门。但即使说孙悟空从一个野神历经磨难而最后成为"斗战胜佛"是一条自我完成的"正道"，作者也不愿以过分改变其基本的性格特征为代价。在取经路上，他照旧桀骜不驯，动辄向人们夸耀自己捣乱闹祸的光荣历史，对佛祖、菩萨胡说八道。总之，尽管拘禁是难以逃脱的，作者还是通过孙悟空这个神话英雄，表现了人的天性中对自由的最大渴望。

而猪八戒的形象则代表着人性贪恋实实在在的世俗享乐的一面。对他说来，拥有浑家、过得去的财富以及可以充分享用的食物是重要的，他也愿意以辛苦的劳作来获得这些；若有另外的女人肯同他"耍子"，则属于意外的收获。因为好色，他不断受到女妖以及菩萨的戏弄，这让人感到可怜和忧伤。他的人生哲学与取经这一趋向理想主义和精神至上原则的行动有天然的冲突，因为那纯然是不可理解的荒谬。所以在取经路上一旦发生问题，他总是急于建议"把白马卖了，给师父买一口棺木"，这是取消取经行动的最彻底的方法。

虽说猪八戒有那么多的毛病，他还是属于"好人"的队伍，对他的嘲谑也仍然是善意的。因为他身上的毛病实是人类普遍存在的弱点的放大。这一种文学形象是过去未曾有过的，他的出现，显示中国文学对人性的弱点有了宽容的态度，也预示着中国文学中的人物类型会向日常化和复杂多样的方向发展。孙悟空和猪八戒的形象构成了鲜明的对照，但尽管粗蠢的更像一个俗汉的猪八戒总是遭到机智的英雄孙悟空的调侃和捉弄，他们在取经路上的争吵还是很有味道，因为他们都有李贽所说的"童心"。

在这个洋溢着游戏兴味的历险记中，没有极端神圣或极端邪恶的事物。妖魔常常颇有人情味，像牛魔王一面在外拈花惹草，一面又还费心讨好原配夫人，他的辛苦令人同情；神佛有时也很可笑，唐僧一路用来化缘的紫金钵，最后竟被佛祖的门徒勒掯为私财。作为"圣僧"的唐僧，也是不断因他的超凡的坚定被赞美，又不断因他的迂腐、笨拙而被讥讽。似乎人一旦试图超越凡庸，就难免变得可笑。这种描述，渗透了作者对人性的认识。

一个商人家庭的悲欢

晚明万历年间出现的署名"兰陵笑笑生"著的长篇小说《金瓶梅词话》在多种意义上具有创新性质。之前几部著名的长篇小说都是经过长期积累形成的，而在《金瓶梅》问世以前，并没有内容相近的雏形作品存在。它最初也并不是在大众社会流行，而是传抄于袁宏道、董其昌、沈德符、冯梦龙等几位著名文士之手。这些迹象表明它是一种个人的独立创作。从主题来看，过去的长篇小说主要写非凡人物的非凡经历，《金瓶梅》则是古代第一部以普通家庭的日常生活为素材的长篇小说。它的人物是凡琐的，没有什么超常的本领和业绩；它的故事也是凡琐的，没有什么惊心动魄的地方。它代表了小说从传奇转向写实的深刻变化。

《金瓶梅》书名由小说中三个主要女性（潘金莲、李瓶儿、春梅）的名字合成。它借用《水浒传》中西门庆与潘金莲的故事展开，写潘金莲未被武松杀死，嫁给西门庆为妾，由此转入西门庆家庭内发生的一系列事件，以及与这家庭相联系的社会景象，直到西门庆纵欲身亡，其家庭破败，众妾风云流散。故事以北宋为背景，但实际反映的是具有晚明时代特征的社会面貌。

西门庆是一个暴发户式的富商，小说以不少篇幅通过他的活动反映了当时社会中的官商关系。中国传统上是一个重农抑商和官本位的社会，而到了晚明，以政治权力为核心的等级秩序已经被商人所拥有的金钱力量严重侵蚀。在小说中我们看到，西门庆一家物质享用的奢华，远远超出于一般官僚。而官僚阶层面对金钱力量也不得不降尊纡贵。第三十回写到位极人臣的蔡太师因收受了西门庆的厚礼，送给他一个五品衔的理刑千户之职；在过生日之际，更以超过对待"满朝文武官员"的礼遇接待这位携大量金钱财物来认干爷的豪商。第四十九回又写到文采风流的蔡御史在西门庆家做客，受到优厚的款待，还得了两个歌妓陪夜，对于西门庆的种种非法要求，无不一口应承。凭借金钱买通政治权力，使得西门庆敢于为所欲为，相信钱可通神。

但作者同时也揭示了西门庆这样的人物和政权多少仍是处于游离状态的。他一方面对着妓女嘲笑蔡御史："文职的营生，他那里有大钱与你！"另一方面又指望尚在襁褓中的儿子"长大来，还挣个文官"，因为自己只是个拿钱捐来的官，"虽有兴头，却没十分尊重"。这里却又表示了对"文官"——国家机器中的核心成员——的向慕。他虽然能够收买一部分政治权力为己所用，却不可能在国家的政治事务中显示自己的力量。

小说中西门庆是一个极富于生命力的人物，这种生命力是由金钱支撑的，甚至在相当程度上实可理解为金钱的化身。作为豪商，西门庆既缺乏社会活动空间，也缺乏传统文化中的道德信念，于是，生命力的肆滥的宣泄，尤其是对异性永无休止的追逐，成为他体认和表现自身存在的方式，直到纵欲身亡。在他死后，他的一群门客作了一篇极为滑稽的祭文，对他的性能力加以热烈的歌颂，这种对死亡的调侃透出可笑而阴寒的气息。

小说所写的几个女性中，潘金莲同西门庆真可谓天生一对。她美丽、伶俐、乖张，具有色情狂和虐待狂的性格，有时十分冷酷。但仔细读小说，我们就会发现，她的邪恶是在她的悲惨的命运中滋长起来的。她虽美貌出众，聪明灵巧，却从小起就被人辗转买卖，从来没有机会在正常的环境中争取自己做人的权利。来到西门庆家中，她也没有任何可以依赖的东西，为了不被人轻视，便只能凭借自己的美貌与机灵，用尽一切手段来占取主人西门庆的宠爱，以此同其他人抗衡。她的心理是因受压抑而变态的，她用邪恶的手段来夺取幸福与享乐，又在这邪恶中毁灭了自己。

晚明是一个商业经济发达、享乐和纵欲风气盛行的时代。作者对此怀着一种矛盾态度：在小说中，金钱和情欲既使人性趋向于贪婪丑恶，同时也是人性中不可抑制的企求；它既被视为邪恶之源，又被描写为快乐与幸福之源。以对李瓶儿的描写为例，她先嫁给花子虚，彼此间毫无感情，后来又嫁蒋竹山，仍然得不到满足，在这一段生活中，她的性格较多地表现为淫邪乃至残忍；嫁给西门庆后，情欲获得满足，又生了儿子，她就更多地表现出女性的温柔与贤惠来。这使人看到：纵欲固然导致邪恶，对自然欲望的抑制却也会导致人性的恶化。

在传奇性小说中，故事情节占有重要的地位，到了《金瓶梅词话》，它的重要性明显降低了，作者常常在一些琐碎的、似乎可有可无的细节上下功夫，借此构造鲜活的生活场景，揭示人物的性格特征。像第五十六回写帮闲角色常时节因无钱养家，被妻子肆口辱骂，及至得了西门庆周济的十几两银子，归来便傲气十足，他的妻也立即变得低声下气。这种描写就小说故事情节的发展而言完全可以省略，但却尖锐地反映出在金钱的驱使下人性是何等的可悲与可怜；正是许多这样的"闲文"，渲染了小说的总体气氛。

《金瓶梅》的作者具有很高的才华，但他描写社会与人生的态度和从前的小说作者很不相同。小说中多写男女之事，却几乎看不到浪漫与温情，它的笔调冷峻而带着嘲戏，对人性的丑陋、生存的可悲表现了更多的关注。中国文学里最常见的诗情画意式的描绘、对善恶有报的廉价的信赖在这里了无痕迹，纵欲和死亡却成为小说中人物生命的基调。花团锦簇，花天酒地，表面的热闹下面人心是冷的，阴暗的毁灭缓缓逼来，吞没一切。可以说，中国的小说从来没有这样给读者的心灵以强大的压迫，人们对此不得不有所思考。

《金瓶梅》的语言属于那种有才华有生气而并不精雕细琢的类型，作者十分善于摹写人物的鲜活的口吻、语气，以及人物的神态、动作，从中表现出人物的心理与个性，但有时又显得有些粗糙。尤其是引用诗、词、曲时，往往与人物的身份、教养不符。另外，过多的性行为描写，也对小说的艺术成就有所破坏。

美是脆薄易碎的

沿着《金瓶梅》以家庭日常生活为主题和重视写

实的方向，在清乾隆年间出现了中国小说史上最著名的作品《红楼梦》。

小说作者曹霑号雪芹，他的家庭几代人都与康熙皇帝有特殊的亲密关系，蒙受恩宠，富贵荣华。而后又在皇权交替时受到严厉打击，直至彻底败落，曹雪芹晚年生活困顿潦倒。经历如此急剧的境遇变化，使得他对人生有了极其丰富的感受和深刻的思考，这最终凝结为文学的创造。在北京西郊的一个小山村，曹雪芹于十余年间倾注全部的心血，写下了这部带有自叙传色彩的《红楼梦》(原名《石头记》)。但已成八十回并非完稿，后来又由高鹗续写了后四十回。

小说展开的主要场所是世袭贵族贾家的府邸，它又分为相邻的宁国府、荣国府，居住着这一家族两个支系。贾府的成年男性在社会中属于统治阶层，在家族中则是支配力量。府邸中有一处大观园，住着家族中的以及与贾家有各种不同关系的一群少女。小说的男主人公贾宝玉因尚在少年，也和姐妹们同住园内。

作为自叙传性质的作品，它对往事的回忆已不可能是单纯地再现旧日景象，而必然融入了作者所有的人生经验。宝玉说过一句很有特色的话："女儿是水做的骨肉，男人是泥做的骨肉。我见了女儿便清爽；见了男子，便觉浊臭逼人。"这并非只是少年的痴狂，而是同时反映了作者对世界的某种重要的认识。

我们看到贾府那些作为家族支柱的男性，有炼丹求仙的，有好色淫乱的，有安享尊荣的，有迂腐僵硬的，却没有一个胸怀大志、精明强干的。从小范围说，这意味着贾府骨子里的衰朽，而在大范围内，他们又是整个社会统治力量的缩影。小说由贾府的广泛的社会联系，上至皇宫，下至市巷、乡野，时近时远地展现出更为宏阔的社会生活图景。虽然对政治的批判并非预设的任务，但由小说写实的品格所决定，从贾雨村徇情枉法，王熙凤私通关节、仗势弄权，薛蟠打死人浑不当事等等一系列情节，它仍然揭示出豪门势族的无法无天和"王法"对于他们的无效。"男人是泥做的骨肉"，在象征意味上表明社会的主导力量构成了污浊的世界，它使正在生长着的年轻的生命失去了意义与价值的依托。

贾宝玉作为家族中最重要的继承人，注定要被融入到那个男性的成人世界、接受它的规则。然而他却被描写成一个"潦倒不通世务，愚顽怕读文章"，对八股和"仕途经济"深恶痛绝的顽劣少年，这就造成他和那个"男人"世界的冲突。所以我们看到宝玉与父亲之间紧张的对抗，而贾政在暴怒中竟要活活勒死他。这种冲突也是有双重意义的：一方面，少年充满感性的生活注定要被成人世界的规则所破坏，人在成长的过程里因为进入社会规范的需要而不断丧失自我，这是人性的普遍处境。对此人们素来不以为有何异常，而曹雪芹深深感受到它的悲哀。另一方面，这种描写也表明作者对历史与文化的正统、对现存社会秩序的一种深刻的失望。简而言之就是：世界失去了意义。

　　那么，"女儿"的世界又意味着什么呢？

　　从故事本身来看，首先我们要注意到：以前八十回而论，《红楼梦》中贾宝玉的年龄是从十一二岁到十五六岁，所以把《红楼梦》简单地视为爱情小说不是很确切，它写的是一个性早熟而敏感的少年的特殊情感经历，从第五回梦游警幻仙境开始，贾宝玉经历了与众多女子具有或隐或显的性意识内涵的亲热交往。因为这本是少年的感情，它的特点就是活泼而少有节制。而少年对异性的爱慕，原本是充满幻想的，幻想中的异性会显得格外美好而令人感动。

换一个角度来看，当曹雪芹将宝玉的故事作为自身生命的投影来写出时，他的总结是：这个生命"风尘碌碌，一事无成"，毫无价值可言，而唯一不可忘的，是"当日所有之女子"，她们的才华和美丽是不应该被泯灭的。也就是说：一个价值迷失的生命在毫无意义的世界上还能存在，还能有所眷恋，仅仅是因为那些女性，她们才是照亮生命的光。因此我们在这位天才的笔下，看到对女性纯出天然的爱慕乃至虔敬，看到了从未有过的风姿绰约、光彩照人的少女群像。在文字的重构中追寻梦幻中的美，伤悼它的丧失，便成为《红楼梦》的基本意蕴，对于读者，这也是感动之源。

《红楼梦》的全部故事情节是随着贾府的衰败史展开的，作者以前所未有的真实性描绘出一个贵族世家的没落，而与此同时，贾宝玉的一切迷恋和梦想，那些女儿美妙青春，也随着贾府的败落而被逐一地吞噬。《红楼梦》以非常强烈的态度指示给读者：美的东西都是脆弱易碎的。"女儿是水做的骨肉，男人是泥做的骨肉"，而女儿较之男人是脆弱的。便是在女儿群中，相比于薛宝钗，林黛玉是脆弱的；相比于袭人，晴雯是脆弱的；还有尤三姐，当她以一种堕落姿态放肆地与贾珍等人周旋时，她显得很强韧，而一旦真心实意爱上一个人，生命立刻崩碎……《红楼梦》充满了美的毁灭，这种毁灭昭示人们所生活的世界粗鄙而肮脏，它对于美的事物而言是悲剧舞台；但《红楼梦》却又充满了对美的怀想，这种执着的怀想在哀伤中表达着不能泯灭的人生渴望，它给人世留下了深长的感动。

《红楼梦》在艺术上最值得称道的，是人物形象的塑造。全书以一种精雕细刻的精神，描绘出上百个来自社会不同阶层、具有不同文化背景的人物，而无不自具一种个性、自有一种特别的精神光彩，哪怕是出场很少的人物，也写得惟妙惟肖、栩栩如生。他们构成了一座五光十色的人物画廊，在中国文学史上具有不朽的价值。

这种成就固然表现了作者的非凡才华，但从根本上说，它更依赖于作者对复杂的生活状态和人性的丰富含蕴的深刻理解，它内涵着对人在现世中痛苦的生存的博大的同情。也许从一些次要人物身上，我们更容易认识这一点：像出身高贵却因家族沦落而寄身贾府的女尼妙玉，为了掩饰事实上的依附身份所造成的心理伤害，她总是孤傲得矫情，对高洁雅致的生活姿态显示出一种刻意的固执；像乡间老妇刘姥姥为生活所迫而借着一种"八竿子打不着"的亲戚关系跑到贾府打抽丰，心甘情愿以装痴弄傻的表演供贾母等人取乐，极似戏曲中的丑角，然而仔细读，却处处有她的智慧、世故和辛酸。作者更以深刻的同情心和对少女特有的虔敬，刻画了许多婢女的美好形象，写出了她们在低贱的地位中为维护自己作为人的自由与尊严的艰难努力。像俏丽明艳、刚烈高傲而敢于反抗的晴雯，像天资聪慧、有着诗意情感的香菱，她们被毁灭的故事令人永远难忘。就是温顺乖巧、善于迎合主子心意的袭人，也并非没有自己的痛苦，当宝玉说起希望她的两个姨妹也到贾府中来时，她便冷笑道："我一个人是奴才命罢了，难道我的亲戚都是奴才命不成？"正是一种前人未及的人道主义情怀，成为《红楼梦》艺术创造力的根源。

至于《红楼梦》中的主要人物，不仅贾宝玉，像林黛玉、薛宝钗、王熙凤等，都有着鲜明的个性和丰富的性格层面，其个性的形成也都具有充分的生活逻辑的依据。拿林黛玉来说，她聪颖而多病，容易自伤；在贾府里，她既是一个因母亲亡故而前来投靠的"外人"，又深得贾母等长辈的怜爱，其过敏的自尊和伶俐尖刻的言谈正是由上述因素促成。因为缺乏安全感，无力把握自己的命运，在与宝玉的悄悄的恋爱中，她总是警惕而多疑，不断地要求得到保证，使这爱情故事始终蒙着哀伤的阴影。薛宝钗则是生长于一个缺乏男性支撑的富贵人家，明智、早熟、洞悉人情，所以她很少表现得像黛玉那样自我中心，但她注重实际利害的性格却与重情任性的宝玉易生隔膜。至于作为荣国府管家奶奶的王熙凤，是《红楼梦》女性人物群中与男性的世界关联最多的人物。她"体格风骚"，玲珑洒脱，机智权变，心狠手辣，不但不相信传统的伦理信条，连鬼神报应都不当一回事。作为一个智者和强者，她在支撑贾府勉强运转的同时，尽量地为个人攫取利益，放纵而又不露声色地享受人生。而最终，她加速了贾府的沦亡并由此淹没了自己。在《红楼梦》中，这是写得最复杂、最有生气而且又是最新鲜的人物。

如同一切伟大的文学巨著，《红楼梦》也是说不尽的。它有诗意的浪漫情调，又有深刻的写实力量；它渗透了以世俗人生为虚无的哲学与宗教意识，却又令人感受到对生命不能舍弃的眷爱。1904年王国维作《〈红楼梦〉评论》，被认为是中国第一篇现代意义上的学术论文，这和《红楼梦》较之其他小说更适宜于运用现代观念来解析，应该是不无关系。

士林的堕落与自救

也是出现在乾隆时代的《儒林外史》，其主题与《红楼梦》完全不同，但在气质上却有重要的相通之处。小说作者吴敬梓也是败落的世家子弟，具有高度文化素养。和曹雪芹一样，特殊的人生经历使他更敏感地体会到历史正孕育着的危机与变化，更清醒和冷峻地看到了世态人情中某些本质的东西，从而对古代正统文化的价值提出了深刻的怀疑，并试图探求某种新的人生方向和精神前途。

《儒林外史》以作者所处的社会现实为基础，假借明代作为故事背景，揭露在封建专制下读书人的精神堕落和与此相关的种种社会弊端。作为长篇小说，《儒林外史》的结构比较特别。全书没有贯穿始终的主要人物和故事框架，而是一个个相对独立的故事的连环套；前面一个故事说完了，引出一些新的人物，这些新的人物便成为后一个故事中的主要角色。但它也并不只是若干短篇的集合，书中有非常明确的中心主题，在情节上也存在内在的统一和首尾呼应。

在中国古代，"士"是社会的中坚阶层。按照儒学本来的理想，士的职业虽然是"仕"，其人生的根本目标却应该是求"道"（《论语》所谓"士志于道"），这也是士人引以为骄傲的。然而事实上，在专制高度强化的明、清时代，读书人越来越依附于国家政权，而失去其独立思考的权利乃至能力，导致人格的猥琐和奴化。如何摆脱这种状态，是晚明以来的文学十分关注的问题。

《儒林外史》首先对科举大力抨击。在第一回"楔子"中，就借王冕之口批评因有了科举这一条"荣身之路"，使读书人轻忽了"文行出处"——即传统儒学要求于"士"的学问、品格和进退之道。第二回进入正文开始，又首先集中力量写了周进与范进这两个穷儒生的科场沉浮的经历，揭示科举制度如何以一种巨大的力量引诱并摧残着读书人的心灵。他们原来都是挣扎了几十年尚未出头的老"童生"，平日受尽别人的轻蔑和凌辱。而一旦中了举成为缙绅阶层的一员，"不是亲的也来认亲，不相与的也来认相与"，房子、田产、金银、奴仆，也自有人送上来。在科举这一门槛的两边，隔着贫与富、贵与贱、荣与辱。所以，难怪周进在落魄中入贡院参观时，会一头撞在号板上昏死过去，被人救醒后又一间间号房痛哭过去，直到口吐鲜血；而范进抱了一只老母鸡在集市上卖，得知自己中了举人，竟欢喜得发了疯，幸亏他岳父胡屠户那一巴掌，才恢复了神智。读书人为科举而癫狂的情状，通过这两个人物显露得极其充分而又带着一种惨厉的气氛。

作为儒林群像的画谱，《儒林外史》的锋芒并不只是停留在科举考试上。小说中所描写的士林人物形形色色，除了周进、范进这一类型外，有张静斋、严贡生那样卑劣的乡绅，有王太守、汤知县那样贪暴的官员，有王玉辉那样被封建道德扭曲了人性的穷秀才，有马二先生那样对八股文津津乐道而完全失去对于美的感受力的迂儒，有一大群像景兰江、赵雪斋之类面目各异而大抵是奔走于官绅富豪之门的斗方名士，也有像娄三公子、娄四公子及杜慎卿那样的贵公子，喜欢弄些"礼贤下士"或自命风雅的名堂，其实只是因为活得无聊……这些人物从不同意义、不同程度上反映了在读书人中普遍存在的极端空虚的精神状况，他们熙熙攘攘奔走于尘世，然而他们的生命是无根蒂的。这种社会景观从根本上揭示了专制制度对人才的摧毁和它自身因此而丧失生机。

吴敬梓的眼光异常尖锐，他也刻画出严贡生那样十分卑劣粗俗的角色，但他并不缺乏对平凡人物的理解。许多人物看起来很可笑的行为，说到底只是表现着平凡的人性的弱点，或者是社会与命运的压迫所造成的人格的变形，而他对此的讽刺常常是带着同情的，这是《儒林外史》的动人之处。像周进在贡院中头撞号板、号哭吐血的情节，单独地看似乎非常愚蠢可笑，但人们已经读到过周进作为一个老"童生"所遭受的种种凌辱，会觉得他的举止是很自然的，是令人悲悯的。第四十八回写穷秀才王玉辉在女儿自杀殉夫之后，仰天大笑道："死得好！死得好！"这令人感觉到可怕的荒谬。但作者也告诉我们：他的女儿之死与母家、婆家均贫寒有关；而王玉辉虽然能够将这自杀描述为崇高的事件，却也并非无动于衷。所以他外出途中见到一个守丧的少妇，会想起女儿，"那热泪直滚出来"。

　　明清的优秀小说呈现出从传奇性向非传奇性发展的趋向，这本质上是一个排除特异人物与偶然因素而逐渐深入人性真实的过程。《儒林外史》在这方面的成就，不仅表现为它的故事几乎完全没有传奇色彩和激烈的戏剧化冲突，更重要的是小说中开始出现对人物心理力求深入的把握和不乏精细的表现。吴敬梓善于理解人物的心理，但他不喜欢以叙述者

277

的身份对此进行分析介绍，而总是让人物通过自身的动作、对话来表现。如第十四回写迂腐而正直的马二先生西湖边几次看女人，用笔于平淡中见细微。第一回他遇上几船前来烧香的乡下妇女，从发型到衣着到脸部以至脸上的疤疥都细细看了一遍，如此放肆，是因为他"不在意里"。第二次他又在湖边看三个富贵人家的女客在船中换衣裳，一直看到她们带着丫鬟缓步上岸，到了快要遇上的时候，却"低着头走了过去，不曾仰视"。这一回其实是有点"在意里"了，举止反而有所节制。第三次写到他在净慈寺遇上成群逐队的富贵人家的女客，但尽管他"腆着个肚子"，"只管在人窝里撞"，却是"女人也不看他，他也不看女人"。因为太近的女人，古板而讲究君子之行的马二先生是不敢看的。但这"不看"也是一种"看"。就这样，马二先生在西湖边经受了女人引起的小小骚动，而平安地从"天理"与"人欲"之间穿行过去。这种完全没有故事性而只重表现人物心理的情节，是以前的小说中少有的。

《儒林外史》的语言是一种高度纯熟的白话文，写得简练、准确、生动、传神，极少有累赘的成分，也极少有程式化的套语。如第二回写周进的出场：

> 头戴一顶旧毡帽，身穿元色绸旧直裰，
> 那右边袖子同后边坐处都破了，脚下一双旧
> 大红绸鞋，黑瘦面皮，花白胡子。

简单的几笔，就把一个穷老塾师的神情面目勾勒出来。像"旧毡帽"表明他还不是秀才，"右边袖子"先破，表明他经常伏案写字，这些都是用笔极细的地方。而这种例子在小说中是随处可见的。白话写到如此精炼，已经完全可以同历史悠久的文言文媲美了，某些特点已经相当接近于现代小说。鲁迅小说中一些简洁的描写和冷峻的笔调，就可以看出与《儒林外史》的关系。

士林的出路究竟在哪里？这对吴敬梓是艰难的课题。他晚年曾用心于经学，认为这是"人生立命处"（《文木先生传》）。这是试图通过对原始儒学的重新阐释来改造社会文化。与此相关，在《儒林外史》中也出现了庄绍光、迟衡山、虞博士等"真儒"，作者指望他们身上表现出的古道君子之风可以重建合理

合情的社会价值。但在吴敬梓的时代，这只是一种观念化的、缺乏真实生活基础的愿望，那些"真儒"的形象也大抵显得单调而苍白；作为全书核心事件的祭祀泰伯祠的场面，貌似肃穆庄重而实际是腐气腾腾。到了小说结束时，这具有象征性的泰伯祠也早已荒芜——吴敬梓分明清楚它代表着一种虚幻的理想。

确实，《儒林外史》最终没有给出士林自救的道路，但他毕竟提出了从堕落到自救这样的严峻问题。当社会进入更深刻的变化时，这样的问题将会再度提出。

图书在版编目（CIP）数据

极简中国古代文学史 / 骆玉明著. 一上海：上海三联书店，2024.2重印
ISBN 978-7-5426-6409-9

Ⅰ．①极… Ⅱ．①骆… Ⅲ．①中国文学－古代文学史 Ⅳ．①I209.2

中国版本图书馆CIP数据核字（2018）第166865号

极简中国古代文学史

著　者 / 骆玉明

责任编辑 / 朱静蔚
特约编辑 / 李志卿　李书雅
装帧设计 / 微言视觉工坊｜阿龙·小麦
监　制 / 姚　军
责任校对 / 田　雪

出版发行 / 上海三联书店
　　　　　　（200030）中国上海市徐汇区漕溪北路331号中金国际广场A座6楼
邮购电话 / 021-22895540
印　刷 / 天津鸿彬印刷有限公司

版　次 / 2018年9月第1版
印　次 / 2024年2月第2次印刷
开　本 / 787×1092　1/32
字　数 / 129千字
印　张 / 9.25
书　号 / ISBN 978-7-5426-6409-9 / I·1429
定　价 / 49.80元

敬启读者，如发现本书有印装质量问题，请与印刷厂联系：18001387168